LES FILLES DU SAMOURAÏ

MAYA SNOW

LES FILLES DU SAMOURAÏ

1. LA TRAHISON

traduit de l'anglais par Alice Marchand

Flammarion

Titre original :
Sisters of the Sword

87 quai Panhard et Levassor – 75647 Paris Cedex 13
ISBN : 978-2-0812-1166-7

Je remercie tout particulièrement Helen Hart
ainsi que le Dr Phillip Harries de Queen's College, Oxford, pour ses conseils et son expertise si précieux.

Pour Ellis et Claudia –
deux jeunes femmes qui m'inspirent.

PROLOGUE

Je suis devenue invisible.

Imagine que tu marches dans une rue animée de la cité impériale de Kyoto, au coude-à-coude avec les artisans et les marchands. Tu te faufiles à travers la foule, tu me touches mais tu ne me vois toujours pas.

Peut-être que tu marches seul le long d'une ruelle déserte, dans un village reculé. Là encore, tu pourrais passer juste devant moi sans t'en apercevoir.

Je me déplace sans bruit, comme un fantôme. Invisible à l'œil nu. Et quand j'attaque, c'est fulgurant. Tu pourrais recevoir un coup mortel sans jamais savoir qui t'a tué.

Mais je ne dégainerai pas mon épée contre toi. Parce que tuer sans raison, de sang-froid, est contraire au *bushi,* le code des samouraïs.

Et je suis un samouraï.

Ah, je vois que tu clignes des yeux avec étonnement. « Une fille ? penses-tu. Une fille ne peut certainement pas être un samouraï ! »

Mais tu te trompes. Ma sœur Hana et moi, nous avons prouvé que les filles peuvent être des guerriers. Ensemble, nous avons rendu hommage à la mémoire de notre père en suivant la voie du samouraï, une voie semée d'épreuves, de danger et de mort.

C'est étrange de penser qu'à une époque, je ne savais pas grand-chose du danger, et rien de la mort.

Mais à présent, la mort me traque. Une ombre noire me suit à la trace, surveille le moindre de mes mouvements. Je peux me rendre invisible pour toi dans les rues, mais je ne peux pas me cacher de la mort.

Oh oui. La mort et moi, nous en sommes venues à très bien nous connaître.

CHAPITRE 1

Province de Kai en l'an 1216.

Je suis dans le jardin de mousse quand la cloche sonne pour annoncer l'arrivée d'un visiteur, à l'entrée.

Depuis la tour de guet, le veilleur crie le nom de mon oncle :

– Yamamoto no Hidehira ! *Ima tsukitamaisoro !*

« Il arrive ! »

Le cœur battant sous le coup de l'excitation, je lâche la canne en bambou que j'utilise comme épée d'entraînement. En deux bonds énergiques, je franchis les carrés de gravier et le petit ruisseau qui serpente à travers le jardin de mousse.

– Doucement, Kimi ! lance ma mère depuis un pavillon voisin. Rappelle-toi ce que ta grand-mère disait toujours...

– Oui, oui ! je crie en retour. La fille aînée du seigneur jito ne doit pas se comporter comme une paysanne !

Ma mère s'esclaffe.

– Et tu te comportes comme une paysanne, Kimi ?

Je réponds avec un sourire :

– Bien sûr que non !

Pour honorer la mémoire de ma grand-mère, je gagne le bout du sentier en marchant comme une demoiselle bien élevée, les mains à l'intérieur des manches larges de mon kimono en soie. Mais je suis incapable de me comporter comme une demoiselle très longtemps. Je préfère passer mes journées à me battre et à étudier le code *bushi*, comme mon père et mes frères. Alors dès que je sors du champ de vision de ma mère, dans son pavillon, je me mets à courir et je fonce dans la cour.

J'arrive à l'entrée juste à temps pour voir oncle Hidehira descendre de cheval. C'est un homme costaud, avec les yeux et les cheveux noirs, en kimono d'un rouge lustré qui convient à son statut important de frère du jito. Une armure est fixée sur son torse, ses bras et ses jambes ; les plaques de métal laquées sont jointes entre elles par des bandelettes de cuir résistant. Son poignard préféré, un *tanto*, est noué solidement à sa taille par une fine ceinture de soie. La laque rouge vif de son fourreau décoré scintille dans le soleil de la fin d'après-midi.

Oncle Hidehira est entouré de sa suite, trente samouraïs en armure intégrale, le visage grave sous leurs casques sophistiqués. De grands arcs et des carquois remplis de flèches hérissent leur dos. Ils sautent gracieusement de leurs montures et jettent les rênes à un troupeau de serviteurs qui attendent. Je frissonne d'excitation en observant les samouraïs. Ils paraissent si farouches et si sûrs d'eux dans leur armure en cuir durci !

– Une heure de repos pour les hommes, dit sèchement mon oncle à son capitaine. Ensuite, qu'ils préparent les armes pour inspection.

Pendant que le capitaine transmet cet ordre à la troupe, mon oncle se détourne pour étudier les lieux où il a passé son enfance. Une main posée négligemment sur le manche de son *tanto*, il balaie de ses yeux noirs les piliers peints en rouge et les toits gracieusement incurvés des pavillons. Je le vois sourire en contemplant les superbes jardins qui descendent en vastes terrasses jusqu'à la vallée verdoyante, loin en contrebas.

Je sors de l'ombre du portail. Mon oncle m'aperçoit et tend les mains vers moi.

– La petite Kimi ! s'écrie-t-il en s'avançant à grands pas dans la cour. En kimono de soie, avec des cheveux longs qui lui tombent librement dans le dos. Tu as grandi depuis l'année dernière. Je suppose que je devrais arrêter de t'appeler « *petite* Kimi ». Tu es grande comme un saule, et deux fois plus robuste !

Il presse mes mains entre les siennes et je sens sa force imposante.

– C'est pour voir si je t'ai apporté des cadeaux que tu as accouru ?

J'éclate de rire et je secoue la tête.

– Te revoir, c'est mieux que n'importe quel cadeau, mon oncle.

Je passe en revue les samouraïs, derrière lui, cherchant une silhouette plus petite parmi les hommes.

– Ken-ichi est avec toi ?

– Ton cousin est en formation, répond mon oncle. En ce moment, il n'a pas de temps pour les visites. Il doit se concentrer sur ses études s'il veut devenir un samouraï digne de ce nom un jour.

Le coin de ses yeux se plisse tandis qu'il m'étudie.

– Et tes études à toi, Kimi, comment se passent-elles ? Tu te souviens du *kata* que je t'ai appris lors de ma visite de l'année dernière ?

Je m'incline pour lui manifester ma gratitude.

– Oui, mon oncle. Je répète tous les jours les mouvements d'épée que tu m'as montrés.

Le maniement de l'épée ne fait pas partie de l'éducation d'une demoiselle noble, en général, mais papa tient à ce que toutes les femmes de son foyer sachent se défendre, elles et leur maison, en cas d'attaque. Il nous autorise même à nous entraîner avec des armes d'homme comme l'épée, Hana et moi, parce qu'il trouve que nous avons toutes les deux fait preuve de dispositions exceptionnelles. Les cérémonies du thé, la danse et la calligraphie sont une chose, mais c'est l'entraînement au maniement de l'épée et aux arts martiaux qui me passionne le plus.

– Je me rappelle que j'ai été impressionné par ta façon de manier l'épée, dit mon oncle avec un hochement de tête songeur. Tu aurais dû être un garçon, Kimi. Quel guerrier tu aurais fait !

Avec un sourire, je monte les marches en pierre et j'emprunte une galerie couverte pour le conduire jusqu'à l'entrée, en songeant : « Un jour, je démontrerai à ma famille que même une fille peut être un grand guerrier ! »

– Je me suis également entraînée avec l'épée *naginata*, je lui raconte en chemin.

– Une excellente arme de défense, commente mon oncle. Tu en auras besoin si des rebelles attaquent la propriété un jour. Tu as étudié combien des positions de base, Kimi ?

– Les six, j'annonce fièrement. Et je sais attaquer une cible par au-dessus et par en dessous !

Je trace un grand arc avec les mains pour lui montrer un de mes mouvements.

Pendant que je lui parle de mon entraînement et de mes lectures pour étudier le zen, des serviteurs vêtus d'un large pantalon en coton bleu et d'une veste flottante assortie nous suivent respectueusement, en portant les bagages de mon oncle. Les samouraïs ont disparu dans leurs quartiers, sans doute pour préparer leurs armes en vue de l'inspection.

Devant nous, un rai de lumière oblique illumine ma petite sœur, Hana, quand elle apparaît sur le seuil. Elle porte un épais kimono de soie vert océan qui ondule comme de l'eau tandis qu'elle vient vers nous. Ma grand-mère n'aurait jamais traité Hana de paysanne – elle a toujours un port élégant. Son prénom veut dire « fleur » et je pense souvent que mes parents l'ont bien choisi. Hana est la grâce incarnée.

Je lui fais un petit signe de la main, et Hana répond par un sourire. Avec une expression accueillante, elle s'incline devant notre oncle. Notre petit frère, Moriyasu, surgit derrière elle, habillé en jaune. Manifestement, il a joué dans la mare : le fond de son pantalon est encore humide. Il pousse un léger cri ravi quand il voit notre visiteur et agite son *bokken*, la petite épée en bois qu'il ne lâche jamais.

Hana vient se placer près de moi et touche brièvement mes doigts du bout des siens – notre signal de fraternité secret. Pendant que Moriyasu dévale les marches vers notre oncle, nous restons toutes les deux côte à côte et nous gloussons sans bruit derrière nos mains en regardant les singeries de notre frère.

– Haï-ya ! crie Moriyasu en frappant l'air avec le pied et en faisant mine d'asséner un rapide coup d'épée à notre oncle. T'es mort ! Je t'ai tué !

Notre oncle se plie en deux et se tient le ventre comme s'il avait reçu une blessure fatale.

– Aïe ! grogne-t-il. Un vieil homme comme moi n'est pas de taille à lutter contre un jeune samouraï aussi doué !

Il se redresse et pince doucement la joue de Moriyasu.

– Continue à t'entraîner, mon grand, et peut-être qu'un jour le grand shogun en personne, Minamoto no Sanetomo, t'embauchera comme garde du corps.

Moriyasu ouvre de grands yeux.

– Tu crois, oncle Hidehira ? Quel honneur ce serait pour notre famille ! Je serais comme toi, alors, je servirais le shogun tout comme tu sers mon papa.

La voix de Moriyasu est pleine d'admiration, mais, pendant un instant, je retiens mon souffle. Sa remarque innocente va-t-elle offenser notre oncle ? Ce n'est pas poli de rappeler à un homme aussi fort qu'il est contraint de servir son frère cadet.

Mais oncle Hidehira ébouriffe gaiement les courts cheveux noirs de Moriyasu.

– Alors comme ça, tu veux être comme moi ? Eh bien, je crois que tu vas devoir grandir un peu d'abord, petit guerrier !

Nous gagnons tous le *shinden,* l'élégant pavillon qui forme le cœur de notre maison. Maman vient à notre rencontre. Toute la distinction qui va avec son rang transparaît dans son beau visage pâle et dans ses yeux sombres. Ses cheveux lisses lui tombent librement jusqu'à la taille, comme les miens, et brillent telle de la soie noire quand elle s'incline devant notre oncle.

– Bienvenue, Hidehira, dit-elle d'une voix douce. C'est un plaisir de vous voir, comme toujours. Mon mari est dans le jardin de rocaille avec son secrétaire. Il terminait des tâches administratives en attendant votre arrivée.

– Mon frère travaille trop dur, commente mon oncle avec un sourire.

– Peut-être, répond ma mère en s'inclinant de nouveau avec respect. Mais Yoshijiro dit toujours que le travail du jito est autant une question d'administration bien menée que de samouraïs et de combats.

– Des paroles pleines de sagesse, admet poliment mon oncle. Le shogun l'approuverait.

Ma mère lui fait traverser les pièces carrées, dont les murs de papier semblent murmurer sur notre passage.

Moriyasu sautille sur les talons de notre oncle, en faisant de grands moulinets avec son épée en bois.

Hana et moi venons derrière, en marchant du même pas. Je sens le calme s'établir en moi. Avec son influence apaisante, ma sœur tempère mon inépuisable énergie.

Nous sortons de la maison et suivons une rangée de cerisiers en fleurs jusqu'au jardin de rocaille. Je vois mon père assis au soleil, sur un banc en bois. Ses cheveux noirs sont noués en chignon sur le haut de sa tête et, les sourcils froncés tant il est concentré, il retient sa lourde manche de soie jaune pour frotter son pinceau sur son bloc d'encre humide. Il trace une série de traits rapides et fermes sur un rouleau de papier, puis le tend à son secrétaire, qui se tient à côté de lui.

Mon père est un grand sage et un érudit. Sa fonction de jito, ou seigneur intendant – un représentant du shogun en personne – l'occupe du matin au soir. Il administre une grande partie du sud de la province de Kai, mais il a beau être très occupé, il est toujours content d'accorder de l'attention à sa famille. Il prend souvent du temps sur son travail pour nous entraîner, Hana, mes frères et moi. Maman joue le rôle d'attaquant en face de lui pour lui permettre d'illustrer les règles du combat : l'importance de la distance entre les combattants ; comment surveiller son adversaire ; ou encore quand passer à l'action. Ce sont là mes moments préférés de notre vie de famille. L'épée à la main, nous écoutons attentivement notre père et nous apprenons, conscients que c'est un privilège d'avoir le meilleur guerrier du royaume comme professeur.

Dès qu'il entend nos pas crisser sur le gravier, papa lève la tête et affiche un sourire de plaisir en nous voyant.

– Mon frère ! s'écrie-t-il en se levant et en venant à sa rencontre. Sois le bienvenu.

Ils se saluent d'abord de façon solennelle, comme il sied au jito avec un fidèle serviteur. Mais bientôt, notre oncle se met à taquiner mon père tout comme il a taquiné Moriyasu, en employant le surnom qu'on lui donnait dans son enfance, Koishi, qui signifie « petit caillou ».

Mon père s'esclaffe.

– Toi, si mes souvenirs sont exacts, tu étais Oiwa, mon « gros rocher » ! lui rappelle-t-il. Toujours là pour me soutenir, Hidehira, comme maintenant.

Papa tapote l'épaule de son frère et demande à un serviteur d'apporter du saké – de l'alcool de riz – pour rafraîchir notre oncle après son long voyage. Nous nous installons tous sur des tatamis – des tapis de jonc – aux pieds de papa pour écouter notre oncle nous rapporter les nouvelles qu'il a récoltées en patrouillant les terres de notre père. J'aimerais tellement avoir le temps de battre la campagne pour anéantir tous les bandits que je croiserais sur mon chemin... Quelle vie trépidante !

Les hommes parlent longuement et, quand je jette un coup d'œil au ciel, j'ai la surprise de constater que l'après-midi a cédé la place au crépuscule. Quelques serviteurs émergent des pavillons et se déploient d'un pas silencieux, comme s'ils flottaient, dans les jardins en terrasse. Ils allument les lanternes accrochées entre les arbres, qui se mettent à briller comme des petites lunes.

Avec une courbette, mon oncle se retire et part inspecter les armes de ses soldats. Ma mère se penche vers moi pour me toucher délicatement la main et murmure :

– Il se fait tard, Kimi. J'aimerais que vous rameniez Moriyasu dans sa chambre, maintenant, Hana et toi.

Je proteste à voix basse :

– Oh non, je voudrais rester !

Je jette un coup d'œil à ma sœur.

– Et je suis sûre qu'Hana aussi.

Mais maman secoue la tête.

– Les hommes doivent se préparer pour leur dîner de cérémonie. Le *kaiseki ryori* est un moment important où ton oncle va endosser les responsabilités de jito pour ton père.

– Oncle Hidehira va être jito ? je demande, surprise.

– Seulement pour un temps, répond ma mère d'une voix rassurante. Juste pendant que ton père fait la tournée de nos terres avec tes frères aînés. Tu te souviens de nos discussions sur le voyage qu'Harumasa et Nobuaki doivent faire, maintenant qu'ils ont l'âge de commencer à comprendre les devoirs qui vont de pair avec leur rang ? Un jour, l'un de tes frères héritera du titre de jito.

Oui, je m'en souviens. Nous en avons beaucoup parlé, et pas toujours dans le calme.

Cette fois, pourtant, je ne discute pas. Je ne remets même pas en question le fait que les fils puissent hériter, et pas les filles. Je me contente de hocher la tête et d'obéir à ma mère.

Mais dès que Moriyasu est installé avec sa nourrice, je prends la main d'Hana et l'entraîne dans le *shinden* – où se dresse la salle de banquet.

– Qu'est-ce que tu fais, Kimi ? demande-t-elle. Tu sais bien qu'on ne doit pas troubler la cérémonie !

– Ce ne sera pas le cas, je lui assure. Personne ne saura qu'on est là.

Je la conduis rapidement d'une pièce à l'autre pour gagner une alcôve secrète que je connais bien, à côté de la salle à manger de cérémonie. Nous nous cachons toutes les deux facilement derrière le paravent en soie peinte. Je plaque un doigt sur mes lèvres pour signaler à ma sœur de ne pas faire de bruit, puis je désigne une petite fente au bord d'une des sections matelassées du paravent.

Hana presse le visage contre la fente, et sursaute quand elle voit à quel point nous sommes près des hommes. À la fois stupéfaite et ravie, elle écarquille les yeux. Je hoche la tête ; on ne nous verra pas, mais nous, nous pourrons tout voir !

Il y a une autre fente par laquelle je peux regarder, et je vois distinctement que mon père, mes frères et mon oncle sont agenouillés sur des tatamis, juste de l'autre côté du paravent. Des samouraïs sont assis les uns contre les autres en deux longues rangées qui s'étirent jusqu'aux murs opposés de la salle de banquet. Ils sont tous vêtus de longues tuniques flottantes. Ceux qui portent du rouge sont les hommes de mon oncle et ceux qui sont en jaune servent mon père.

Je frémis d'excitation en regardant la cérémonie commencer. Tout le monde se lave les mains pour se purifier, puis mon père prend la parole. Son discours est grave et réfléchi, comme il sied à cette occasion solennelle.

– La maison Yamamoto est fière d'accueillir son cher frère, Yamamoto no Hidehira, commence-t-il en s'inclinant.

Mon oncle s'incline à son tour. Je me demande ce que ça lui fait d'être reçu dans cette maison qui a été la sienne autrefois... Et qui le serait toujours, dans d'autres circonstances. Il y a des années, mon grand-père a décidé de transmettre le titre de jito à mon père, bien que ce soit le plus jeune des frères, à cause de son talent exceptionnel pour les arts martiaux. Des samouraïs sont venus de tout le Japon pour s'engager sous les ordres de papa. Depuis qu'il est devenu le jito, il a noué de solides alliances avec des voisins qui étaient des opposants de notre famille, et il a gagné la faveur du shogun et de l'empereur.

Je suis très fière de lui et de ce qu'il a accompli. Je prie pour avoir hérité d'une partie de ses qualités, comme mes frères, et pour qu'on puisse tous un jour atteindre son niveau.

À travers la fente du paravent de soie, je regarde papa se tourner vers les hommes rassemblés. Il hausse fièrement la voix pour parler du courage dont Hidehira a fait preuve lors de batailles passées.

– L'adresse de mon frère a été la clé de notre victoire contre l'armée rebelle de Shinano, dit-il. Il a réprimé trois embuscades et, ensuite, il a marché vers le sud pour défendre nos alliés de la province de Sagami. Les terres des Yamamoto sont entre de bonnes mains.

Yamamoto no Hidehira veillera sur nos gens comme si c'étaient ses enfants.

Mon oncle s'incline.

– Je te remercie pour la confiance que tu m'accordes, mon frère. Je suis fier que tu me juges digne de l'immense honneur que tu me fais en me confiant tes pouvoirs.

Mon père s'incline à son tour.

– Tu as mérité cet honneur, Hidehira.

– Merci, petit frère.

Des serviteurs entrent sans bruit, chargés de plateaux de bois en forme de feuille sur lesquels sont disposés des boules de riz gluant, des sushis frais et de fines tranches de tofu, ou pâte de soja. Ils posent soigneusement les plats sur des tables basses en laque noir et or, puis saluent en quittant la pièce à reculons, la tête baissée en signe de respect.

Je jette un coup d'œil à Hana, qui fait une grimace signifiant : « Moi aussi, j'ai faim. »

Munis chacun d'une paire de *hashi*, des baguettes courtes, mon père et mon oncle prennent du tofu et du riz gluant. Cette partie de la cérémonie supprime les tiraillements de l'estomac qui pourraient vous empêcher d'apprécier le thé, un peu plus tard.

Quand mon père a terminé, il passe ses *hashi* à un serviteur posté à proximité.

– Comme tu le sais, Hidehira, mes fils vont m'accompagner dans ma visite des terres, dit-il à mon oncle. Ils sont prêts à découvrir leur héritage et à mettre à l'épreuve ce qu'ils ont appris dans leur école. Nous partirons tôt demain matin, pour aller assister à la cérémonie d'ouverture du dojo et présenter nos hommages à Maître Goku avant de prendre la route pour entamer notre tournée.

– Je suis sûr que Goku a été aussi exigeant avec eux qu'il l'a été avec nous, Koishi, commente Hidehira.

– Il l'a été, en effet, répond mon père.

Il lance un regard à mon frère aîné, en face de lui, et hausse les sourcils.

– En tant que premier fils, peut-être seras-tu disposé à nous montrer certains des mouvements que Maître Goku t'a enseignés, Harumasa ?

Mon frère acquiesce avec enthousiasme et se lève. Je le regarde s'avancer dans le vaste espace au centre des rangées de tatamis.

– Avec votre permission, je vais vous faire une démonstration.

Tirant soigneusement sa longue épée, Harumasa tient la lame à l'horizontale devant son visage et s'incline devant notre père. Oncle Hidehira se redresse, avec une expression de vif intérêt.

Derrière le paravent de soie, j'imite les gestes gracieux d'Harumasa tandis qu'il exécute une série de mouvements lents pour s'échauffer. Plier les genoux... les yeux sur l'épée... lever le coude... placer soigneusement sa lame, pointée vers le sol, entre les doigts de la paume tournée vers le ciel. Ces mouvements ont pour but d'aider le guerrier à se concentrer.

À présent, Harumasa est prêt.

Pendant un instant, il semble se préparer à danser, mais brusquement, il assène un coup mortel avec son épée.

Faisant chanter le métal de son arme, Harumasa frappe à gauche et à droite, repoussant les attaques d'un ennemi imaginaire. Il plie les genoux et se retourne pour parer un assaut venu de l'arrière. D'une main, il ramène son épée vers l'avant d'un mouvement circulaire, suivi d'un coup rapide donné à deux mains. Et une fois que ses adversaires invisibles sont morts ou en train de mourir de leurs blessures, Harumasa secoue son épée pour enlever le sang imaginaire et la rengaine d'un geste fluide.

Derrière le paravent, ma main copie chacune de ses postures.

– Excellent, commente mon oncle tandis qu'Harumasa termine par un salut.

– Très bien, premier fils, dit mon père avec de la fierté dans la voix en lui faisant signe de se rasseoir. Tu gagneras le respect des gens que nous rencontrerons au cours de notre voyage.

Mon cœur se serre devant cette injustice. Je me suis exercée avec sérieux tous les jours, même si je n'ai pas le privilège de fréquenter l'école de Maître Goku. Pendant toute mon enfance, j'ai observé l'entraînement des samouraïs de mon père, copiant les mouvements dans l'intimité de ma chambre. Chaque fois que mes frères revenaient de l'école, je les harcelais pour qu'ils m'enseignent ce qu'ils avaient appris. À présent, ma technique est presque aussi impeccable que celle d'Harumasa, mais je n'aurai jamais l'occasion de le prouver.

Pour la centième fois, je suis tenaillée par le désir de partir faire le tour de la province à cheval avec papa, comme mes frères. Les discussions de ces dernières lunes se rejouent dans ma tête et, une fois de plus, j'entends la voix de mon père, qui me dit tendrement mais fermement: « Non, Kimi. En tant que première fille, ton devoir est de rester ici, auprès de ta mère. »

Mais je ne veux *pas* rester auprès de ma mère! Je veux galoper dans les provinces, avec le vent dans les cheveux et un carquois rempli de flèches attaché dans le dos...

D'un coup de coude vigoureux, Hana me ramène au présent. Je vois à son expression qu'elle sait que je rêvassais. Elle articule en silence: « Regarde », et désigne la fente dans le paravent. J'y colle un œil. Des serviteurs apportent les braseros pour faire chauffer l'eau du thé. D'autres placent délicatement de belles louches et de petits bols en céramique sur la table basse, devant mon père, pour que mon oncle et lui puissent les admirer, comme l'exige l'étiquette.

Mon père fait le thé avec lenteur et en silence, démontrant par chaque geste son autorité et son pouvoir de jito. Je l'observe, fascinée par les règles strictes de cette cérémonie.

Papa retient sa manche d'une main tout en remplissant, avec des mouvements calmes et harmonieux, un bol de thé vert foncé qu'il porte ensuite à ses lèvres avec les deux mains. Il boit une gorgée, essuie le bord du bol et le passe à mon oncle, qui boit au même endroit pour montrer la solidité des liens qui les unissent. Partager le même bol de thé symbolise leur entente.

Quand il a terminé, oncle Hidehira pose soigneusement le bol sur le tapis, devant lui. Puis il saute subitement sur ses pieds, faisant onduler son kimono rouge, et je sursaute, surprise. Ce n'est pas convenable de bouger d'une manière aussi brusque, surtout lors d'une cérémonie du thé !

– J'honore mon frère, le jito, dit-il, tout comme j'honore nos ancêtres Yamamoto – en particulier notre père, qui a choisi de transmettre le pouvoir au petit caillou, Koishi, au lieu du grand rocher, Oiwa.

En fronçant les sourcils, je me tourne vers mon père. Son visage exprime l'étonnement et la confusion que je ressens moi-même. Que veut dire mon oncle – est-il en train de critiquer la décision de Grand-Père devant tout le monde ? Nerveuse, je serre les poings.

Malgré tout, mon oncle sourit. Je le vois distinctement tirer mon père sur ses pieds et l'enlacer. Papa grogne – je suppose qu'il est stupéfait par cette manifestation d'affection inhabituelle –, mais comme tout semble bien se passer, je me détends.

Puis je me rends compte que papa n'a pas grogné de stupeur, mais de douleur. Mon étonnement cède vite la place à l'horreur quand mon père crie. Je m'aperçois que la souffrance lui tord le visage.

Que lui arrive-t-il ?

À cet instant, je remarque dans la main de mon oncle le manche en laque rouge de son *tanto*. La lame acérée du poignard est plantée profondément dans le dos de mon père... et une tache rouge foncé commence à s'étendre sur la soie jaune chatoyante de son kimono de cérémonie.

CHAPITRE 2

Quand mon oncle le lâche et recule, papa s'effondre lourdement sur le sol. Son kimono de soie retombe autour de lui, dissimulant son visage. Mes frères Harumasa et Nobuaki se lèvent d'un bond. Nobuaki prend le temps de se pencher sur papa, mais il n'y a plus rien à faire. Notre noble père est mort.

Je m'enfonce le poing dans la bouche pour réprimer un hurlement. Au même instant, Harumasa se tourne vers notre oncle en poussant un cri farouche et tire son épée dans un grand geste circulaire.

Nobuaki s'élance, mais il est bloqué par l'un des samouraïs d'oncle Hidehira, un homme au visage marqué de cicatrices par les combats du passé. Soudain, les traîtres en kimono de soie rouge attaquent les soldats en jaune, et des cris perçants déchirent l'air de la nuit tandis que le bruit des épées qui s'entrechoquent résonne dans la salle de banquet. Mon oncle a dû préparer ce moment avec ses hommes !

Harumasa, prêt à passer à l'attaque, a un regard terrifiant. Je reprends espoir quand il se jette sur notre oncle.

Mais celui-ci l'attendait. En relevant sa lame affinée d'un coup oblique vers l'extérieur, il pare facilement la violente attaque d'Harumasa. Puis il se détourne, tout en cherchant à taillader mon frère avec le *tanto* qu'il a toujours dans l'autre main – le poignard dont goutte encore le sang de mon père. Pendant ce temps, Nobuaki lutte contre le samouraï balafré.

Mon oncle raille Harumasa :

– C'est ce que Maître Goku t'a appris de mieux, ça ? Ce sera un jeu d'enfant de te tuer !

« De te *tuer* » ? Le choc me fait l'effet d'un coup de massue et, quand j'aperçois la tête de mon oncle, ma peau se glace. Son visage est figé dans une expression farouche et ses yeux noirs sont devenus ceux d'un étranger. Cet homme n'est pas mon oncle enjoué, mais un guerrier redoutable, déterminé à se battre... et à gagner. Il lève son épée qui, après avoir décrit une longue courbe, s'abat vers Harumasa.

Ébranlé par cet assaut, mon pauvre frère essaie de bloquer le déluge d'attaques. Ses mouvements se font plus désordonnés et il ne réagit pas aussi vite qu'il le faudrait. Nobuaki, qui se bat toujours à mains nues contre le samouraï balafré, lui lance des encouragements et moi, je l'exhorte mentalement à retrouver la grâce et la force qu'il a démontrées tout à l'heure.

Il parvient à se dégager de l'attaque de notre oncle et à brandir son épée pour donner un coup mortel, mais Hidehira est rapide. La pointe de son épée tournée vers le sol, il pose l'autre main derrière la garde et la relève d'un coup oblique, vers l'extérieur, avant que mon frère ait pu terminer son approche. Harumasa recule en titubant, le visage gris de douleur. Du sang suinte sur sa tunique jaune et je comprends aussitôt que notre oncle lui a entaillé le ventre jusqu'à la gorge.

Je me tords les jointures des doigts dans la bouche en regardant, horrifiée, oncle Hidehira repousser mon frère, qui s'effondre sur une des tables en laque noir et or.

Harumasa gît là un moment en grognant, puis plus rien.

Mon courageux frère est mort.

Voyant qu'Harumasa a été tué, mon deuxième frère, Nobuaki, pousse un rugissement de rage. D'un grand coup ample, il assomme le samouraï balafré et lui vole son épée, qui est toujours dans son fourreau. Puis il saute sur notre oncle en brandissant l'arme de son ennemi.

Toutefois, Nobuaki ne parvient pas à porter un seul coup avant que mon oncle le frappe froidement. Avec une épée dans une main et son *tanto* mortel dans l'autre, il prend aussitôt le dessus sur mon frère.

La tête de Nobuaki part en arrière et du sang jaillit de sa gorge en un grand arc rouge vif. Il écarquille les yeux et tombe à la renverse. Il meurt avant de toucher le sol.

Je veux sauter dans la mêlée et anéantir mon oncle. Mais je n'ai pas d'arme. À cet instant, mon oncle écarte l'épée de la main inanimée de Nobuaki d'un coup de pied. La lame traverse la pièce en tournicotant vers le paravent de soie... et je sais immédiatement ce qu'il me reste à faire.

Je dois prendre cette épée et me battre !

Mais avant que j'aie pu agir, un cri lointain résonne derrière le *shinden*. L'attaque a dû s'étendre à l'extérieur de la salle de banquet. Mon oncle n'en veut pas seulement à mon père et à mes frères !

Je me retourne, le cœur battant, et vois qu'Hana est toujours à mes côtés. Elle est restée tellement silencieuse que j'avais presque oublié sa présence. Douce Hana. Le visage pâle comme la lune, elle assiste à cette terrible scène, ouvrant des yeux immenses. Je l'empoigne pour tenter de l'arracher à cette contemplation macabre, mais elle résiste, incapable de détacher son regard du massacre perpétré de l'autre côté du paravent de soie. Je lui prends la main. Elle est tellement souple et inerte qu'on dirait une poupée de chiffons. On pourrait croire que tous ses os se sont liquéfiés.

– Viens, je chuchote en lui pressant les doigts sans ménagement. Il faut qu'on avertisse maman et Moriyasu. *Tout de suite !*

Au son de ma voix, Hana cligne des yeux et semble sortir de transe.

– Tout de suite, répète-t-elle, les yeux voilés par le chagrin. Oui. Nous devons partir.

Abandonnant notre cachette derrière le paravent, nous nous sauvons à toutes jambes, fuyant les cris de victoire des samouraïs d'oncle Hidehira. À l'instant où nous arrivons au bout du couloir, la voix bourrue de notre oncle retentit depuis la salle de banquet, dans notre dos.

– Trouvez le reste de la famille, ordonne-t-il à ses hommes. Tuez-les tous !

On entend alors un bruit de déchirure : les samouraïs enfoncent les murs de papier pour sortir de la pièce. Pendant un instant d'horreur, le cœur battant, je crois que mes jambes vont céder sous moi. « Allez, me dis-je. Bouge ! »

Le poing fermé sur la main d'Hana, je cours dans un couloir du *shinden* après l'autre, puis dehors. J'entends les soldats de mon oncle débarquer avec fracas dans les cours et les jardins. Les bruits violents me rendent folle de terreur.

Au loin, devant nous, un cri étouffé retentit de nouveau ; je sais qu'il vient des chambres, qui sont derrière le *shinden.*

Est-ce que c'est maman ? Les soldats l'ont-ils déjà rejointe ? Pitié, non, faites que non !

Nous accélérons notre course, dans un effort désespéré pour rester hors de vue. Les bruits du massacre retentissent tout autour de nous. Les samouraïs de mon oncle sont sans pitié. Leurs cris de guerre se mêlent aux hurlements de douleur des samouraïs de papa. J'aperçois des ombres sur les murs de papier, version macabre des spectacles de marionnettes qu'Hana et moi regardions quand nous étions petites. Autour de nous, dans les différentes pièces, les épées s'abattent sur des épaules sans défense. Des coups pleuvent sur des têtes innocentes. Et le sang jaillit, éclaboussant les murs d'un rouge sinistre.

Hana et moi arrivons enfin devant une porte qui s'ouvre sur une cour déserte, baignée par le clair de lune. Des ombres allongées tendent leurs doigts d'encre sur les pavés. Un arbre solitaire étire ses branches élancées vers le ciel nocturne. Je me plaque contre l'encadrement en bambou de la porte et je ferme un instant les yeux, en murmurant douloureusement :

– Pourquoi ? Pourquoi notre oncle fait ça ? Nous sommes sa famille ! Sa chair et son sang. Je croyais qu'il nous *aimait* !

À mes côtés, Hana réprime un sanglot. Les genoux chancelants, elle manque tomber. Je lui passe vivement un bras autour de la taille pour la retenir et je chuchote :

– Nous devons rejoindre maman et Moriyasu. Maman saura quoi faire.

Je jette un coup d'œil par-dessus mon épaule, puis je vérifie de nouveau la cour.

– Il ne faut pas que les samouraïs d'oncle Hidehira nous voient.

Hana respire bruyamment et je sens son cœur battre contre mon poignet, comme un petit oiseau essayant de s'échapper de sa cage.

– Tu peux tenir le coup jusqu'aux chambres ? je lui demande.

Elle déglutit avec peine.

– Je vais essayer, dit-elle d'une voix rauque.

– Je vais compter jusqu'à trois, et on y va. Un, deux, trois...

Tapies au ras du sol, nous filons vers la tache d'ombre la plus proche puis nous faisons une pause, le souffle court, pour écouter s'il y a le moindre signe que les soldats de notre oncle nous aient repérées. J'entends des cris aigus à l'autre bout de la propriété, mais près de nous il n'y a que le silence.

Nous attendons un moment, puis je hausse les sourcils à l'intention d'Hana. Elle me fait un signe de tête et nous repartons, quittant la fragile sécurité de l'ombre pour nous lancer dans le clair de lune.

Nous traversons la cour à toutes jambes, puis nous franchissons un portail orné d'un bas-relief représentant une grue aux ailes déployées, et nous débouchons sur une allée qui contourne le jardin de mousse. Au loin, sur notre gauche, des flèches embrasées volent vers notre propriété. Les flammes ardentes lèchent le ciel, illuminant la nuit.

– Ils mettent le feu aux pavillons ! s'étrangle Hana. Pourquoi ?

– Le feu forcera tous ceux qui se cachaient à sortir à l'air libre, où on pourra les massacrer, dis-je d'une voix sombre.

Nous repartons en hâte, et j'essaie d'ignorer les hurlements de nos serviteurs, qui supplient qu'on les épargne. Bientôt, le feu fait rage dans presque toute la propriété, tachant le ciel de rouge.

Enfin, nous atteignons nos chambres.

Nous nous précipitons en haut des marches, puis nous courons dans le vestibule. Tout est calme, ici, d'une immobilité de mauvais augure. Il y a un corps affalé dans l'encadrement d'une porte – un corps de femme vêtue d'une veste de servante toute simple, en coton bleu. Je me baisse sur un genou et je la retourne. C'est l'une des femmes de chambre de ma mère. Elle a été égorgée.

Terrifiée à l'idée d'entrer dans les appartements de maman et de la trouver morte, elle aussi, je lève les yeux vers Hana. Mais je ne peux pas me laisser paralyser par la terreur. Je dois continuer.

Je me remets debout et je reprends la main de ma sœur. Je me force à enjamber le corps de la servante et à entrer dans la chambre de ma mère. Sous mes pieds, le sol est mouillé et, pendant un instant, je crois que quelqu'un a renversé un pichet d'eau. Mais le cri étouffé d'Hana me fait baisser les yeux, et je comprends.

Nous sommes au milieu d'une flaque de sang gluant.

Deux autres corps gisent en tas près du lit. Je vois au premier coup d'œil qu'aucun d'entre eux n'est celui de ma mère. C'est une autre femme de chambre, une jeune dont la veste en coton bleu est trempée de sang, et l'un des samouraïs de mon oncle. Son casque en métal a été arraché et je devine à son expression qu'il a eu une mort douloureuse. Je n'éprouve aucune pitié ; il a trahi le jito qu'il avait fait le serment d'honorer.

Il y a des traces de lutte. Une petite table en laque rouge et or a été brisée en morceaux. Certains pots de maquillage de ma mère sont éparpillés sur le tapis. À l'autre bout de la pièce, plusieurs des stores en bambou qui forment le mur ont été arrachés et la brise fraîche qui vient de l'extérieur fait onduler les lambeaux de soie blanche ornée de peintures, à l'intérieur.

Soudain, mon cœur fait un bond dans ma poitrine. J'ai vu quelque chose par terre, près du trou dans le mur.

La petite épée en bois de Moriyasu !

CHAPITRE 3

Je traverse la chambre d'un bond et je ramasse l'épée de mon petit frère.

Les pensées s'emmêlent dans ma tête. Moriyasu n'aurait jamais abandonné de son plein gré sa chère arme d'entraînement. Il a dû la laisser tomber pendant que maman et lui s'enfuyaient ! Rien que la tenir à la main me donne de l'espoir. Sont-ils parvenus à s'échapper ?

Prudemment, je regarde par le trou dans les stores. L'allée couverte qui longe les chambres et mène au lac d'agrément est déserte. À mon grand soulagement, il n'y a pas de cadavres ni de traces de sang.

– Maman et Moriyasu ont dû sortir par là, dis-je à Hana en glissant la petite épée en bois sous ma ceinture. Quelqu'un a dû les avertir. Viens, il faut qu'on les suive pour tâcher de les rejoindre.

Hana ne répond pas.

Je me retourne. Elle s'est écroulée par terre, accroupie dans un coin de la chambre de maman. À demi roulée en boule, elle frissonne, le visage enfoui dans les mains.

Je la rejoins en hâte et la prends dans mes bras.

– Sois forte, Hana, je chuchote contre ses cheveux. Encore un petit moment. On va retrouver maman et Moriyasu, et tout ira bien...

– Non, réplique Hana dans un souffle tremblant. Papa est mort... Harumasa et Nobuaki sont morts... Plus rien n'ira jamais bien !

– Si, il le faut ! je réplique farouchement. Il faut qu'on sorte d'ici, Hana. Il faut qu'on survive et qu'on s'assure que notre oncle sera puni pour ce qu'il a fait.

Je la secoue doucement.

– Il faut qu'on soit courageuses et qu'on mette nos émotions de côté, pour le moment.

J'appuie le dos de la main contre sa joue. Elle a la peau toute froide.

– Tu peux faire ça, Hana ? Tu peux venir avec moi pour retrouver maman ?

Elle me dévisage un moment, les yeux si sombres qu'ils paraissent presque noirs. Puis elle hoche la tête.

– Les épées, dit-elle. On a besoin de nos épées si jamais on doit se battre.

– Je file les chercher. Reste ici. Ne bouge pas avant que je revienne.

Le couloir est désert et silencieux, mais j'entends les soldats de mon oncle, à proximité, qui déchirent le linge des lits et tailladent les panneaux des murs.

Ils nous cherchent. En prenant garde à ne pas faire de bruit, je passe sur la pointe des pieds dans la chambre voisine, que je partage avec Hana. Ici, les tables ont été renversées et nos vêtements jetés sens dessus dessous. Ça me fait mal au cœur de voir les rouleaux de poésie d'Hana déchirés en morceaux et abandonnés par terre.

Je dois vite rejoindre Hana, de peur que les soldats reviennent vérifier nos chambres.

Vite, j'attrape nos épées sur leur portant décoré. Faits d'acier trempé, nos *nihonto* sont longs et mortellement tranchants, mais légers et faciles à transporter dans leurs *saya*, ou fourreaux en bois. Je me dirige vers la porte...

... et je me fige.

J'entends le léger frottement d'une paire de bottes en cuir sur le plancher. Quelqu'un vient !

En me recroquevillant contre le mur, je retiens mon souffle. Je ferme les yeux et je me concentre, essayant de me rappeler les techniques pour contrôler ses émotions que j'ai apprises pendant mes leçons. Mon cœur bat si fort que je suis convaincue qu'on l'entend de l'extérieur. « Respire, me dis-je. Et ne panique pas. »

J'ai beau m'y être beaucoup entraînée, c'est difficile de contrôler ses émotions quand un véritable ennemi s'approche. Je ne me suis jamais battue avec l'intention de blesser mon adversaire, mais ces soldats n'ont pas des *bokken* en bois. Un coup de leur épée acérée serait fatal.

Mon rythme cardiaque ralentit. Je tends de nouveau l'oreille, à l'affût du moindre bruit. Cette fois, je n'entends rien, à part les cris lointains de serviteurs à l'agonie. Me serais-je trompée ?

Non. Les revoilà. Il y a bien des pas qui s'approchent discrètement. J'ouvre les yeux et je risque un coup d'œil par une fissure dans la porte. L'un des samouraïs de mon oncle s'avance lentement dans le couloir. Il s'immobilise brusquement, juste devant la porte de la chambre de maman... où ma sœur est seule et sans défense.

Mes doigts serrent les deux *nihonto* que j'ai dans la main gauche et je fais le serment de tuer ce samouraï s'il le faut.

Il se remet en mouvement. Son armure en cuir crisse doucement et je me demande si je peux tirer mon épée sans que le bruit lui signale ma présence.

Tout d'un coup, un appel retentit dans le couloir :

– Rokuro ! Par ici !

Le samouraï se retourne. Je vois son visage, sous l'ombre de son casque. Il est vieux, l'air aguerri, avec une peau ridée et une cicatrice rouge qui plisse un coin de sa bouche. C'est le samouraï qui s'est battu contre Nobuaki dans la salle de banquet.

– Pas tout de suite ! répond-il.

Mais la voix bourrue insiste :

– Si, immédiatement ! Ordre du capitaine.

Le samouraï jette un dernier coup d'œil vers la porte de la chambre de ma mère. Il hésite. Va-t-il désobéir aux ordres ?

Ma main droite se resserre sur la poignée de mon épée. Sans bruit, je commence à la sortir de son fourreau

Mais brusquement, le samouraï change d'avis. Il se détourne. Son armure et ses armes cliquettent tandis qu'il retourne au trot d'où il vient.

Soulagée, j'attends d'être bien sûre qu'il est parti, puis je m'élance dans le couloir, en restant près du mur.

Hana m'attend là où je l'ai quittée, accroupie, les bras autour de son corps mince. Elle sursaute, blême de terreur, quand j'entre dans la pièce. Mais dès qu'elle voit que c'est moi – et que j'apporte nos *nihonto* –, un énorme soulagement se peint sur son visage.

– J'ai entendu une voix, chuchote-t-elle.

– Oui, c'était un des samouraïs de notre oncle, je marmonne en m'agenouillant à côté d'elle. Il est parti, maintenant, mais on risque d'en rencontrer d'autres – et dans ce cas, on doit être prêtes à se battre.

– Je ne sais pas si j'en ai la force.

La voix d'Hana est si faible que je l'entends à peine.

– Tu dois la trouver, d'une manière ou d'une autre.

Je prends sa main froide et ramollie et j'y place résolument son épée. Je tire la mienne de son fourreau et je la soupèse en la tournant d'un côté et de l'autre pour que l'acier reflète la lumière. Un sentiment de force et d'assurance monte en moi.

– Allez, Hana, dis-je doucement. Le chemin le plus sûr pour sortir d'ici, c'est par le lac. Le sentier conduit au portail ouest et, enfin, à la forêt. On cherchera maman et Moriyasu là-bas.

Postée devant le trou au milieu du mur, je vérifie qu'aucun des soldats de notre oncle n'est dans l'allée, puis je ramasse ma jupe longue dans une main et je traverse vivement les décombres. Hana me suit en serrant son épée. Tête basse, nous filons vers le lac.

Les jardins sont baignés d'ombre et, de l'autre côté des bâtiments, j'entends les samouraïs crier chaque fois qu'ils trouvent un survivant. Les flammes s'étirent vers le ciel et de hautes colonnes d'étincelles orange tourbillonnent dans le noir.

Demain matin, il ne restera rien de notre maison qu'une ruine fumante et calcinée.

Il n'y a aucune trace de Moriyasu ni de maman près du lac. L'eau est noire et immobile, pas une ride ne trouble sa surface d'onyx. Je frémis et je jette un coup d'œil à Hana.

– On va faire ce que tu as dit, Kimi, murmure-t-elle. Le portail ouest... puis la forêt.

Nos épées à la main, nous contournons le lac et nous suivons un sentier sinueux jusqu'au portail ouest. Les alentours sont déserts. Les gardes de papa se sont précipités dans la bataille.

Hana et moi dévalons la colline pour gagner la forêt. Mais alors que nous avons atteint les arbres, j'entends un fracas dans l'obscurité. Des cris retentissent. Les hommes de mon oncle ne sont pas loin !

Je m'arrête net et j'essaie de déterminer combien ils sont et dans quelle direction ils vont.

Mon cœur se serre quand je m'aperçois qu'il y a un groupe de samouraïs de mon oncle dans la forêt, devant nous.

Et ils se dirigent droit sur nous !

Je serre mon épée plus fort et je jette un coup d'œil par-dessus mon épaule. Le *shinden* et les bâtiments qui l'entourent jettent un rideau de flammes mordorées dans le ciel nocturne. Même la lune ascendante paraît rouge sang. Impossible de revenir en arrière comme d'avancer. En retenant mon souffle, j'essaie de trouver une solution.

Une idée me vient à l'esprit, tel le murmure d'un petit vent d'été.

Le temple...

Je me tourne vers Hana et elle hoche la tête, comme si elle avait lu dans mes pensées. Le temple est un lieu secret consacré au dieu de notre famille, au cœur de la forêt, où je me rends parfois seule pour m'entraîner avec mon épée. Cette solution me redonne de la force et du courage.

Les samouraïs de notre oncle se rapprochent. Ils font un tintamarre infernal dans les broussailles : peu leur importe qui les entend. J'attrape Hana par la main et je coupe par la gauche en restant baissée, à demi accroupie tout en courant tant bien que mal dans la forêt pleine d'ombres. Autour de nous, les arbres se resserrent. L'écorce scintille, argentée dans le clair de lune. Des feuilles mortes bruissent et chuchotent. Bientôt, les bruits des soldats disparaissent au loin derrière nous, et nous sommes seules.

Je sais que le temple n'est pas loin, car je vois le *torii,* le portail qui marque l'entrée du lieu sacré. Deux hautes colonnes effilées soutiennent un linteau décoré de bas-reliefs dont les extrémités se recourbent vers le haut, comme les ailes d'un oiseau en vol.

Hana et moi passons sous le *torii.* Nous avançons jusqu'au petit pont en bois qui enjambe le ruisseau et mène au minuscule pavillon ouvert sur le devant, en bordure d'une clairière.

Je rengaine enfin mon épée et je chuchote :

– Je pense que nous serons en sécurité, ici.

Nous baissons la tête et murmurons une brève prière pour la protection de notre famille avant d'entrer. Il y a une table basse en bois garnie de bougies et d'une petite lanterne métallique. Des fleurs jaunes et autres offrandes sont étalées dessus.

Je remarque qu'une des offrandes a été déplacée. Un petit rouleau fermé précipitamment, sans le beau nœud porte-bonheur qu'on emploie d'habitude, traîne à côté du plateau d'offrandes.

Hana tombe à genoux devant la table basse et, avec un hoquet de stupeur, désigne l'inscription sur le rouleau : nos deux noms !

– C'est pour nous, dit-elle, le souffle court. Et c'est l'écriture de maman.

Je regarde par-dessus son épaule. Je reconnais aussitôt la main de notre mère dans ces traits nets et assurés, et je retrouve espoir.

En temps normal, nous n'aurions pas touché une offrande aux dieux, mais ce rouleau semble avoir été placé ici à notre intention. Hana le ramasse avec délicatesse et l'ouvre lentement.

– C'est un poème.

– Un poème ? Que dit-il ?

Mon cœur bondit dans ma poitrine.

– *Les vieilles branches qui poussent au-dessus de nos têtes se brisent et meurent...*, lit Hana à haute voix, *les jeunes rameaux s'épaississent... la fleur du cerisier repousse une fois de plus... une nouvelle saison commence.*

– Elle devait savoir qu'on viendrait ici si on parvenait à s'échapper, dis-je.

Je relis le poème pour tenter de le déchiffrer.

– *Les jeunes rameaux s'épaississent...* Je me demande ce qu'elle cherche à nous dire.

– Le jeune rameau, c'est Moriyasu... déduit Hana. Maman nous dit que notre petit frère est toujours en vie, même si notre père et nos frères aînés ne sont plus. Il va grandir et notre arbre généalogique survivra.

Je hoche la tête.

– Moriyasu, c'est l'avenir.

Je touche un instant du bout des doigts la poignée de sa petite épée en bois, toujours glissée sous ma ceinture.

– Il représente l'espoir. La « nouvelle saison » doit désigner le moment où nous aurons reconquis la place de jito pour Moriyasu, comme Grand-Père l'aurait souhaité.

Nous ignorons si c'est bien le sens du message de maman, mais nous avons besoin d'espérer quelque chose, Hana et moi. Sans l'espoir, il n'y a que le chagrin et le deuil.

Hana se retourne pour regarder la forêt sombre qui s'étend devant le temple.

– Nous devons suivre maman et Moriyasu. Mais où sont-ils allés, d'après toi, Kimi ?

Je réfléchis un moment.

– Maman doit savoir qu'oncle Hidehira se mettra à leur recherche dès qu'il s'apercevra qu'ils ne sont pas parmi les morts. Elle aura besoin d'aller très loin, de disparaître avec Moriyasu... et y a-t-il un meilleur endroit qu'une ville bondée pour disparaître ?

– Alors nous devons rejoindre la ville, nous aussi.

J'approuve ma sœur.

– Reposons-nous ici cette nuit et nous nous mettrons en route à l'aube.

Hana se baisse.

– Il ne faut pas que les samouraïs voient ça, dit-elle. Sinon ils vont rapporter notre plan à oncle Hidehira.

Elle allume une des bougies d'offrande et tient le petit rouleau dans la flamme jusqu'à ce qu'il prenne feu. Puis elle place le papier embrasé sur un plat en pierre et nous regardons la flamme orange réduire en cendres noires le message que notre mère nous a laissé en partant.

Une fois que les mots de maman ont été détruits, je sens la fatigue envahir mon corps. Je m'écroule contre Hana et je ferme les yeux. Aussitôt, une foule d'images assaille mon esprit : la tache rouge qui s'est étendue sur le kimono en soie jaune de mon père... le visage grisâtre d'Harumasa quand il est tombé sur le sol de la salle de banquet...

Et, par-dessus ces images, retentissent les dernières paroles de mon oncle à mon père : « J'honore mon frère, le jito, tout comme j'honore nos ancêtres Yamamoto... » a-t-il dit.

Mon cœur se serre tandis que les souvenirs déferlent dans ma tête, et des larmes silencieuses coulent sur mon visage. Comment notre oncle a-t-il pu faire ça ? Est-ce vraiment le même homme qui m'a enseigné des *kata* ? L'oncle rieur et affectueux qui s'est promené à cheval avec Hana et moi, en nous racontant des batailles du passé ? Je me remémore avec un pincement amer une lointaine journée d'été où toute notre famille est allée pique-niquer au bord de la rivière. Moriyasu était encore un bébé emmailloté dans un kimono en soie que maman gardait dans ses bras. Hana et moi, petites filles, jouions à éclabousser notre cousin Ken-ichi dans l'eau, pendant que notre oncle et notre père riaient et plaisantaient ensemble sur la berge. J'ai peine à croire que notre famille ait pu être détruite ainsi.

Je sens Hana passer les bras autour de moi et, bientôt, ses larmes me mouillent l'épaule. Nous pleurons longtemps, agenouillées devant l'autel de nos ancêtres. Dehors, la lune monte haut dans le ciel. La nuit s'assombrit encore dans la forêt.

Finalement, ma sœur et moi nous blottissons l'une contre l'autre sur le tapis. Bercées par le clapotis apaisant du ruisseau voisin, nous sommes gagnées par le sommeil.

Je me redresse d'un bond, le cœur battant. Je ne sais pas combien de temps j'ai dormi, mais quelque chose m'a réveillée.

Là, ça recommence ! Le craquement d'une brindille sèche sous le poids d'une lourde botte...

À côté de moi, Hana s'appuie sur un coude, les yeux écarquillés. Une autre branche craque, puis vient le bruit inimitable de pas qui s'approchent furtivement.

Hana me regarde et articule en silence : « Quelqu'un vient ! »

Je saisis sans bruit la poignée de mon *nihonto.* Je suis prête à nous défendre toutes les deux – dans un combat à mort, s'il le faut.

Les pas s'approchent de plus en plus. Sans bruit, je sors mon épée de son fourreau.

Je me glisse vers l'entrée et j'attends, en retenant mon souffle...

Soudain, l'intrus surgit sur le seuil. Le clair de lune se reflète sur son casque de samouraï ; je devine que c'est l'un des hommes de mon oncle. Avant que je puisse faire un geste, il tend le bras et me saisit à la gorge. Les doigts fermés sur mon cou comme un étau d'acier, il me traîne hors du temple. Je commence à suffoquer.

Je titube mais il me tient à la verticale, si près de son visage que je sens les relents de poisson que dégage son haleine. Je fixe ses traits de guerrier burinés et la longue cicatrice rouge qui plisse un coin de sa bouche, et je reconnais le samouraï qui s'est avancé discrètement dans le couloir de la chambre de ma mère, tout à l'heure.

– Je vous traque depuis que vous avez quitté la salle de banquet, petites imbéciles, dit-il d'un ton railleur. Et vous ne vous en êtes pas doutées une seconde.

Il ricane – un son grave et rocailleux, cruel – et me serre le cou plus fort.

Je ne peux pas respirer. Le sang martèle mes oreilles.

Il lève la pointe de son épée vers ma gorge et murmure :

– Je vais avoir droit à une belle récompense pour vous avoir tuées !

CHAPITRE 4

– Pas si facile que vous le croyez, je souffle.

Je lève mon épée d'un grand coup vers sa tête. Le bord tranchant, près de la garde, traverse facilement le rabat en cuir du côté de son casque. Du sang vermillon jaillit de sa joue et il hurle de douleur, temporairement aveuglé. Son emprise sur ma gorge se desserre et je me dégage d'un bond.

Il titube dans ma direction, en clignant des paupières pour chasser le sang de ses yeux. Dans un rapide mouvement, je pivote à demi vers lui et je lui plante le coude dans le menton. Sa tête part en arrière et cette petite victoire inopinée me donne du courage. Je saute en l'air et je sens l'énergie affluer dans mes jambes lorsque je lève un pied pour décocher un grand coup...

Mais le samouraï passe derrière moi et m'empoigne par l'épaule. Il tire avec force et tout d'un coup, je tombe ! J'atterris à plat dos par terre, le souffle coupé.

Avec un rictus triomphal, il abat le pied brutalement sur mon bras qui tient l'épée.

La douleur me cisaille.

– Tu mourras sur ma lame, marmonne le samouraï.

Ses yeux noirs luisent dans l'ombre, sous son casque.

Je me débats pour tenter de me libérer, mais je suis prise au piège. Quelque part, tout près, j'entends le chuintement métallique d'une autre épée qu'on dégaine. *Est-ce que d'autres samouraïs sont venus nous attaquer ?*

Soudain, j'aperçois une silhouette pâle qui débouche en courant de l'obscurité du temple, les mains serrées l'une contre l'autre autour de la poignée d'une épée argentée, avec ses cheveux d'un noir soyeux qui flottent derrière elle. Hana ! Elle traverse la clairière en trombe et attaque le vieux soldat.

Celui-ci pousse un juron et se retourne comme un chat pour lui faire face, en ôtant le pied de mon bras. Il repousse l'attaque avec son épée à lui, et le fracas métallique des lames qui s'entrechoquent résonne dans la forêt.

Je me lève tant bien que mal. Le samouraï me tourne le dos, alors je lui fonce dessus en abattant mon épée. Il a dû m'entendre venir, parce qu'il s'écarte, et mon coup ne lui laisse qu'une sévère entaille dans l'avant-bras.

L'homme hurle et se retourne en levant son épée d'un vif mouvement oblique, mais je me baisse avant qu'il puisse me décapiter. Je l'ai touché deux fois, à présent.

Le métal plat réfléchit la lumière de la lune. Hana l'attaque depuis l'autre côté, mais il pare son assaut. Quand il se déplace, je vois les lacets de cuir qui relient les plaques métalliques de son armure s'écarter pour révéler son kimono chamarré. En dessous, il doit y avoir sa peau. L'endroit idéal où frapper...

Comme s'il avait deviné mon intention, le samouraï se retourne et me fonce dessus avec un rugissement, en faisant tournoyer son épée au-dessus de sa tête. Ses yeux brillent d'une lueur meurtrière et, à cet instant, je sais qu'il va porter un coup fatal.

– Victoire ! hurle-t-il.

Sans hésitation, je fais un pas de côté et je lève mon arme pour lui arracher la sienne. La violence du choc fait vibrer mon bras.

Emporté par son propre poids et par la férocité de son assaut, le samouraï gronde. Vite, je mets un genou à terre et je lui plante mon épée dans le flanc. Ma lame aiguisée glisse proprement dans l'interstice entre les plaques de son armure... et l'acier plonge dans sa chair.

Il se tourne vers moi avec surprise et, pendant un instant, il me regarde dans les yeux, tout en me soufflant son haleine tiède au visage.

– Peut-être que je vais saigner, siffle-t-il, mais je ne mourrai pas. Pas avant de t'avoir tuée !

Et il s'enfonce encore davantage sur mon épée.

Le souffle coupé, il hoquette et une fine brume de sang m'éclabousse la figure. Un cri d'horreur m'échappe.

Il brandit son épée argentée, et il l'aurait abattue brutalement sur mon bras si Hana n'avait pas été là. Mais la voilà qui surgit, en faisant des moulinets avec son *nihonto*, et sa lame tranche le poignet du samouraï.

Quand sa main coupée tombe par terre, il hurle de douleur, les yeux exorbités. Je sens son poids entraver mon épée, enfonçant davantage la lame dans son corps.

– Vous ne tiendrez pas longtemps... souffle-t-il d'une voix entrecoupée. Il vous trouvera.

En ravalant mon sentiment d'horreur, je recule d'un pas chancelant et mon épée se dégage.

Le samouraï tombe à genoux, en se tenant le flanc. Un dernier souffle laborieux sort de sa bouche dans un sifflement, puis son regard devient vitreux. Il s'écroule sur le côté et ne bouge plus.

Pendant un moment, j'ai l'impression que le monde tourne autour de moi. Étourdie, je cherche Hana du regard. Elle se tient à quelques pas, les yeux écarquillés sous le choc. Nos regards se croisent et restent vissés l'un à l'autre. Le sien est un noir tourbillon de confusion et de désespoir. Elle se détourne et examine l'épée ensanglantée qui pend mollement de sa main. Sans signe avant-coureur, ses genoux fléchissent...

Je lâche mon épée et bondis vers elle. Je la rattrape juste avant qu'elle heurte le sol. Délicatement, je l'allonge.

– Nous l'avons t... tué, Kimi, bredouille-t-elle.

– Nous étions obligées, lui dis-je d'un ton farouche. Sinon c'est lui qui nous aurait tuées !

La lune disparaît derrière un essaim de nuages déchiquetés, plongeant la clairière dans l'ombre. La main d'Hana cherche la mienne à tâtons et nous nous cramponnons l'une à l'autre dans le noir.

– Notre vie d'avant est finie pour toujours, n'est-ce pas ? murmure-t-elle enfin.

Je déglutis avec peine.

– Mais nous avons un avenir, dis-je avec fermeté. Quand nous aurons rejoint maman et Moriyasu.

Tout autour de nous, le vent bruisse dans les arbres. Hana s'écarte vivement de moi et scrute l'obscurité, affolée.

– Il y a quelqu'un, là-bas ! chuchote-t-elle. Oncle Hidehira a envoyé d'autres hommes à notre recherche. Ils vont nous trouver et nous tuer...

Je l'interromps :

– Il n'y a personne.

Je jette un coup d'œil par-dessus mon épaule pour m'en assurer en examinant les arbres.

– C'est juste le vent.

Près de moi, Hana frissonne. Je me tourne de nouveau vers elle.

– Hana, sois forte. Il ne faut pas qu'on se laisse déborder par la tristesse ou la douleur.

Elle enfouit le visage dans ses mains et se met à pleurer. Elle semble totalement brisée. Je suis désemparée. Comment l'aider ?

– Tu te souviens de cette petite boîte laquée qu'on rangeait sur une étagère, dans notre chambre ? je demande en lui caressant doucement les cheveux. Il y avait un saule doré sur le couvercle...

Pendant un moment, je crois qu'elle ne m'a pas entendue, puis elle relève la tête et me regarde. Des larmes brillent sur ses joues, mais elle ne pleure plus.

– Imagine que tu as cette boîte dans les mains en ce moment, je continue. Imagine-toi en train de l'ouvrir et d'y enfermer toute ta peur et ton chagrin. Referme le couvercle, Hana, et range la boîte sur une étagère en hauteur... dans un coin sombre où tu ne la vois pas.

Je lui prends les mains et je les serre entre les miennes.

– Laisse la boîte là, bien rangée, avec ta peur dedans. Maintenant, on ne connaît plus la peur. Tout ce qui compte, c'est notre survie. On doit partir d'ici, gagner la ville et, d'une manière ou d'une autre, trouver maman et Moriyasu.

Hana ferme les yeux. Quand elle les rouvre, son expression s'est raffermie.

– Nous survivrons, dit-elle. Et nous abattrons ceux qui déshonorent le nom de Yamamoto.

J'acquiesce et je contemple, autour de nous, cette terre qui appartenait à notre père. À notre famille. *Yamamoto*... J'ai l'impression que ce nom résonne dans mon esprit et se répercute dans la clairière, entre les arbres, comme un murmure. Tout d'un coup, je m'aperçois que notre oncle nous a volé jusqu'à notre nom. Hana et moi ne pouvons plus être des Yamamoto.

– Nous devons oublier qui nous sommes, dis-je. Laisser le nom de Yamamoto derrière nous quand nous quitterons cet endroit.

Hana me fixe avec stupeur.

– Pourquoi ? Qu'est-ce que tu veux dire ?

– Parce que, à cause de notre nom, les soldats d'oncle Hidehira nous trouveraient trop facilement, j'explique. On ne peut plus être les filles du jito.

– Mais comment pouvons-nous cesser d'être les filles du jito ? demande Hana en lissant le devant de son kimono vert océan de ses mains tremblantes. Les gens sauront qui nous sommes rien qu'en nous voyant.

Je la regarde intensément pendant que les pensées se font la chasse dans ma tête. Puis j'ai une soudaine inspiration.

– On va se déguiser, dis-je avec enthousiasme. Changer de tenue... se salir la figure...

Je serre le poing en scrutant le samouraï mort.

– Les hommes d'oncle Hidehira chercheront deux *filles*. Alors nous deviendrons des *garçons*. Nous nous attacherons les cheveux en chignon sur le haut de la tête, exactement comme le font nos...

Je m'interromps et j'avale ma salive, la gorge nouée. J'allais dire : « exactement comme le font nos frères ». Comme s'ils étaient encore vivants. Je termine douloureusement :

– Exactement comme le faisaient nos frères.

Hana tend la main et presse la mienne.

– C'est une bonne idée, admet-elle. Si quelqu'un nous interroge, on peut dire qu'on est les fils d'un paysan pauvre et qu'on se rend à la ville pour chercher du travail.

Je jette encore un coup d'œil au samouraï mort et je déglutis avec peine.

– Tu supporterais de mettre des vêtements à lui ?

Elle garde le silence un moment, les yeux fixés sur mon visage. Finalement, elle hoche la tête.

– Je ferai ce qu'il faut faire, déclare-t-elle résolument.

Je me lève et je m'approche du cadavre. Son casque est tombé et sa bouche est grande ouverte, comme s'il était mort en hurlant.

Je plie les genoux et je tends les mains, en m'attendant presque à ce qu'il se mette à gronder, ou se redresse et me plante une lame dans le cœur... Je sais que j'ai tué cet homme, mais curieusement, ça me paraît irréel.

Hana vient s'agenouiller à côté de moi.

– Attends, laisse-moi t'aider.

Elle pose ses mains sur les miennes et nous délaçons ensemble son armure de cuir durci.

– On peut utiliser ça ? demande Hana en soupesant l'épais plastron. Ça pourrait nous protéger.

Je secoue la tête avec regret.

– Les fils de paysan ne portent pas d'armure. Mais à part ça, presque tous ses vêtements peuvent nous servir.

On jette rapidement le plastron et les lourds protège-bras du samouraï. En dessous, sa veste de kimono à manches courtes est décorée d'un motif noir et bleu, et fermée par une fine ceinture. Son *hakama* – ou pantalon – est gris, resserré aux genoux, et grouille de poux.

Hana le tient à bout de bras avec une grimace.

– C'est dégoûtant !

– Et moi qui ai toujours cru que les samouraïs avaient une vie prestigieuse ! je marmonne en parvenant à sourire.

Je repose les fesses sur mes talons et j'étale la veste de kimono par terre. Elle est couverte de sang et déchirée à l'endroit où mon épée est passée à travers.

– Emportons tout au ruisseau pour le laver, dis-je. Il fait chaud, cette nuit, les vêtements sécheront sur nous.

Nous les récupérons, ainsi que nos épées, et nous nous faufilons parmi les arbres pour gagner le ruisseau. En m'agenouillant pour rincer le sang du kimono, je sens de la mousse moelleuse sous mes genoux. Hana frotte le *hakama* avec une poignée de sable et de petits cailloux ramassés au fond de l'eau. C'est un soulagement de se concentrer sur cette tâche simple.

Vite, j'enlève tout sauf mon propre *hakama* en coton bleu et j'enfile le kimono. Le tissu mouillé me colle à la peau comme des doigts glacés lorsque je le rabats avec soin pour cacher la déchirure. Je me noue solidement la ceinture autour de la taille, puis je rengaine mon *nihonto* et je le fixe à la ceinture, à côté de la petite épée en bois de Moriyasu. Enfin, j'attache mes cheveux longs en chignon sur le haut de la tête comme j'ai vu mes frères le faire.

Quand j'ai terminé, j'aide Hana à retirer son ensemble en soie vert océan et à le remplacer par le *hakama* d'un gris ordinaire du samouraï mort. L'étoffe froide la fait frissonner.

– Heureusement qu'il fait chaud, cette nuit, dit-elle en finissant de nouer son chignon.

– Oui, on a de la chance que ce soit bientôt le printemps et pas le milieu de l'hiver.

Sous son kimono, Hana porte un maillot blanc, mais il paraît trop propre à côté du *hakama* gris terne du samouraï, alors je ramasse de la mousse et de la boue que je frotte sur les manches et le col.

– Là... dis-je enfin, en reculant pour l'examiner dans la pénombre du clair de lune. Tu ressembles vraiment à un garçon.

– Toi aussi.

Elle lève la main et touche brièvement ses cheveux.

– Qu'est-ce qu'on fait de nos vêtements ? On les enterre ?

– Non, on n'a pas le temps. Enfouissons-les dans le ruisseau.

Après les avoir enroulés autour de grosses pierres, nous les poussons sous l'eau et nous les coinçons sous un rebord de terre protubérant. Je ne peux pas m'empêcher de penser qu'en abandonnant mon kimono, j'abandonne aussi les derniers vestiges de mon identité de demoiselle Yamamoto.

Quand nos vêtements ont disparu, je fais en silence le serment de revendiquer mon nom et de venger un jour l'honneur de ma famille.

Quoi que ça me coûte.

Puis je prends la main de ma sœur. C'est là que commence notre périple vers la ville.

CHAPITRE 5

De peur de rencontrer d'autres samouraïs de notre oncle, nous évitons les chemins forestiers. Sur notre passage, les broussailles et les branches emmêlées s'accrochent à nos cheveux et à nos vêtements. Une étoile facile à repérer lorsque la lune est sur notre droite nous guide vers l'ouest, en direction de la ville.

Bientôt, notre foyer dévasté est loin derrière nous.

Il n'y a pas un bruit à part les frottements d'un animal ou le hululement d'une chouette, de temps à autre. En marchant, je pense à maman et à Moriyasu. Sont-ils loin devant nous ? Ont-ils trouvé un cheval, ou est-ce que quelqu'un les a aidés ? Sont-ils blessés, ou bien maman contrôle-t-elle la situation ?

Parfois, pendant la nuit, la lune disparaît et les ténèbres se referment sur nous. Mes sandales en paille se cassent et je dois continuer pieds nus. J'ai le ventre noué par la faim, la bouche parcheminée. Hana avance courageusement à côté de moi, tête basse, plongée dans ses pensées.

Enfin, nous atteignons la lisière des arbres, sur la crête d'une colline escarpée, main dans la main. L'aube commence tout juste à percer : à l'est, le ciel est rose et lumineux.

En contrebas s'étendent des rizières où des paysans en chapeaux de paille s'avancent déjà à coup de perche sur l'eau argentée, peu profonde, pour procéder à la récolte. Une étroite route en terre bordée de petits bosquets de bambous s'éloigne en serpentant vers la droite et disparaît derrière une série de collines basses. Des huttes minuscules sont rassemblées au bord de la route et de la fumée s'élève des trous carrés ouverts dans les toits de chaume.

Hana hume l'air.

– Je sens une odeur de riz en train de cuire. Et de soupe de poisson. Tu penses que les villageois partageraient leur repas avec nous ? demande-t-elle.

– Peut-être, si on leur propose de faire quelques travaux, dis-je. On pourrait travailler en échange d'un repas.

Le cœur gonflé d'espoir, nous quittons le refuge des arbres et commençons à descendre la colline vers le village.

Nous avons presque atteint la route lorsque l'air s'emplit d'un tonnerre de sabots – et tout d'un coup, une foule de samouraïs à cheval débouche d'un tournant au galop. Le soleil levant, derrière eux, fait briller la pointe de leurs lances et les carquois pleins de flèches attachés dans leur dos.

Hana m'attrape par la manche.

– Les hommes d'oncle Hidehira ! chuchote-t-elle, affolée.

Nous nous précipitons vers le bosquet de bambous le plus proche.

Pendant que les cavaliers s'approchent en trombe, de plus en plus près, nous nous accroupissons dans la poussière. Nous ont-ils vues ? Et si oui, nos déguisements suffiront-ils à leur faire croire que nous sommes deux garçons ordinaires ?

Je retiens mon souffle. Les doigts d'Hana s'enfoncent durement dans mon bras. Les cavaliers arrivent à notre hauteur ; les sabots de leurs montures martèlent le sol, mais ils nous dépassent et ne s'arrêtent que lorsqu'ils atteignent le village.

Entre les feuilles de bambou, nous voyons quelques femmes et enfants sortir précipitamment de chez eux. Ils tombent à genoux dans la terre et se prosternent.

Plusieurs samouraïs sautent de leur cheval. Le vent porte leurs voix rudes jusqu'à notre cachette, de l'autre côté de la route poussiéreuse. Hana et moi sommes juste assez près pour entendre ce qu'ils disent.

– Quelqu'un est-il passé par ici ce matin ? demande l'un d'eux.

En voyant le foulard de soie rouge qu'il porte noué sur le biceps, je comprends que c'est un capitaine.

– Nous cherchons des esclaves qui ont fui la maison du jito et sont accusées de vol. Elles doivent être capturées et punies.

Hana et moi échangeons un regard indigné. Nous, des voleuses ?

De l'autre côté de la route, une vieille femme décolle la tête de la poussière.

– Nous n'avons pas vu un seul voyageur depuis hier, dit-elle.

Le capitaine des samouraïs s'approche d'elle et, avec la pointe de sa botte, lui soulève le menton pour pouvoir la dévisager.

– Réfléchis bien, la vieille, gronde-t-il, parce que si tu mens, ce sera la mort pour toi... et pour ta famille.

Il porte la main à la poignée de son épée.

– Je vous le jure ! gémit la vieille femme. Je n'ai vu personne.

Le capitaine continue à la fusiller du regard pendant un moment, puis la relâche brusquement et fait un signe à ses soldats. Ils s'avancent en masse dans le village et fouillent les maisons. Draps et couvertures sont jetés dehors, dans la boue. Poêles et casseroles claquent. Des enfants courent dans les bras de leur mère.

Je bous de rage. Ces gens n'ont pas mérité ça ! Je voudrais me lever d'un bond, quitter l'abri des bambous et attaquer le samouraï le plus proche avec mon épée. Mais contre eux tous, je serais sûre de mourir. Et puis Hana a posé une main sur mon bras pour me retenir. Elle me connaît si bien.

Les paysans se mettent à marcher précipitamment dans l'eau des rizières. Un homme qui semble être le chef du village se met à crier avec colère et agite les bras en approchant du groupe de samouraïs.

Le capitaine attend que le chef du village soit tout près. Je vois sa main glisser vers la poignée de son épée.

« Un samouraï ne tire jamais son épée à moins d'avoir l'intention de s'en servir », me dis-je, et mon cœur se met à battre la chamade.

Calmement, le capitaine brandit son épée et balaie l'espace d'un mouvement oblique, formant un arc scintillant qui tranche la tête de l'homme. Elle heurte le sol avec un bruit sourd.

À côté de moi, Hana inspire vivement.

– Pourquoi ? chuchote-t-elle au milieu des gémissements qui arrivent jusqu'à nous depuis l'autre côté de la route.

– Je pense qu'il cherche à leur donner une leçon, dis-je d'une voix sombre. Il veut que les villageois sachent que c'est ce qui arrive à tous ceux qui pourraient nous aider. On ne peut pas y aller, Hana. Même quand les samouraïs seront partis. Plus personne ne nous aidera, désormais...

Nous attendons que les samouraïs s'éloignent au galop. Les villageois portent leur mort dans la maison la plus proche et, bientôt, l'endroit est vide.

– Retournons dans la forêt, je murmure à Hana.

Nous quittons furtivement l'abri du bosquet de bambous pour remonter la pente tant bien que mal. Bientôt, nous retrouvons la sécurité que nous offre l'ombre des arbres. Plus personne ne peut nous voir, maintenant, même en nous cherchant.

Nous longeons sans bruit le flanc de la colline, en gardant le village sur notre droite. Je tiens à mettre le plus de distance possible entre nous et ces soldats. En marchant, je me demande comment nous allons survivre sans abri et sans nourriture. À quelle distance est la ville – deux jours de marche ? Trois ?

– On dormira le jour, dis-je à Hana tandis qu'on piétine dans les broussailles. La nuit, on marchera. Et on n'a plus qu'à prier pour tomber sur un autre ruisseau ou sur une rivière où trouver de l'eau. Peut-être qu'on pourra ramasser des champignons et des baies qu'on pourra manger, dans la forêt. Il faut qu'on soit invisibles.

Hana acquiesce. Ses yeux sont voilés de fatigue et je sais qu'il faudra bientôt qu'on dorme. Mais où?

De l'autre côté de la colline, la forêt s'étend vers le bas, où elle forme un interminable tapis de verdure luxuriante. Au sommet de la colline suivante, nous apercevons tout juste parmi les arbres un groupe de toits rouges aux extrémités recourbées.

Est-ce que c'est un pavillon ? Ou...

– Un dojo ! s'écrie Hana, essoufflée. Une école de samouraïs !

Il n'y a qu'un seul dojo dans ce coin de la province – celui de Maître Goku. L'école que fréquentaient mes frères.

– On pourrait se présenter à la porte et mendier de la nourriture, dis-je.

– Mais... et si les samouraïs d'oncle Hidehira sont arrivés là-bas avant nous ? objecte Hana.

Je me mords la lèvre et je réfléchis un moment.

– Ils allaient vers le nord, en direction de la ville, je raisonne. On est de l'autre côté, ici.

– Ce serait prendre un grand risque, insiste Hana en fronçant les sourcils. Oncle Hidehira a peut-être envoyé plusieurs escouades à notre recherche.

Je contemple les toits rouges, à l'autre bout de la vallée verdoyante. Je me sens attirée là-bas, comme si une voix silencieuse me disait que c'est notre chance de disparaître. Nos frères ont été des élèves de cette école, et notre père avant eux. S'ils étaient toujours en vie, c'est là qu'ils seraient allés aujourd'hui, parce que c'était la première halte prévue pendant leur tournée de la province.

C'est peut-être notre *karma*, à Hana et moi, de tomber sur le dojo.

Harumasa et Nobuaki m'ont si souvent décrit leur quotidien que je connais leur emploi du temps par cœur. Ils avaient des heures d'entraînement rigoureux avec une centaine d'autres garçons, ainsi qu'un lourd programme d'études zen. Leurs récits de combats au corps-à-corps et leurs discussions passionnées sur la stratégie martiale, le maniement des armes et l'art du combat me captivaient. Du matin au soir, ils ne faisaient pratiquement rien d'autre que se battre ; un dojo est donc le dernier endroit où les hommes d'oncle Hidehira viendraient chercher deux jeunes demoiselles nobles.

Un plan commence lentement à se former dans mon esprit.

– Si on se présente à l'entrée en se faisant passer pour deux petits paysans qui voudraient suivre l'entraînement d'un grand maître, on trouvera peut-être plus que de la nourriture, là-bas.

Je parle vite pour suivre le rythme de mes pensées.

– On pourrait peut-être rester plus longtemps... avoir un toit au-dessus de nos têtes jusqu'à ce que les soldats d'oncle Hidehira abandonnent les recherches. On serait *en sécurité*.

Hana acquiesce et son visage s'illumine.

– Rester au dojo, ça nous donnerait du temps, admet-elle. On pourrait réfléchir à la suite et tâcher de déterminer comment retrouver maman et Moriyasu.

– Et si on prouve qu'on est dignes d'une formation, on aura peut-être une chance d'améliorer notre technique du maniement de l'épée, je renchéris. Ensuite, si on a l'occasion d'affronter oncle Hidehira, on pourra lui montrer ce qui arrive à ceux qui déshonorent le nom des Yamamoto !

– Tu penses que ça peut marcher ? demande Hana en levant la main pour toucher son chignon. On a vraiment l'air d'être des garçons, Kimi ?

– Bien sûr, dis-je avec conviction. Nous ferons très attention, nous prendrons une voix plus grave et nous veillerons à ne pas commettre la moindre erreur qui pourrait nous trahir.

– D'accord.

Hana me tend la main.

– Essayons, dit-elle.

Et elle ouvre la marche.

Un vent frais agite les arbres pendant qu'on descend la colline en hâte avant de gravir la suivante, en longeant une route poussiéreuse qui serpente à travers la forêt tel un ruban marron. Une volée de grues passe au-dessus de nos têtes, me rappelant une scène peinte sur un des paravents de soie qu'on avait chez nous, mais je chasse les souvenirs... et nous arrivons enfin au dojo.

Un imposant mur de pierre s'étend le long de la route et un monumental portail en bois massif se dresse au milieu, trois fois plus haut qu'un adulte. Deux sentinelles en armure de cuir se tiennent au garde-à-vous, de chaque côté, une lance scintillante à la main. Quand nous sortons de l'ombre des arbres, les hommes nous jettent des regards noirs de sous la visière de leur casque en métal.

J'inspire profondément et je pose la main sur la poignée de la petite épée en bois de Moriyasu pour me donner du courage. Puis je marche vers le garde le plus proche.

Sa main se resserre sur sa lance et, pendant un moment, je crois qu'il va l'abaisser et me foncer dessus...

Mais à cet instant, une étroite porte ménagée dans le portail s'ouvre à la volée.

À mon grand soulagement, trois garçons de mon âge déboulent en riant et en se bousculant, tandis que l'ourlet de leur long *hakama* noir tourbillonne dans la poussière.

L'un d'eux porte une longue épée décorée attachée solidement à la taille par une ceinture en soie bleue. Il a des yeux foncés, intelligents, des pommettes larges et une bouche volontaire. Et, même si je ne l'ai pas vu depuis près de cinq ans, il ressemble tellement à son père que je reconnais mon cousin Ken-ichi – le fils unique de mon traître d'oncle Hidehira.

Ma peau se glace de terreur.

CHAPITRE 6

Ken-ichi m'aperçoit. Je baisse vivement le menton en priant pour qu'il ne nous reconnaisse pas. Pendant un moment, il y a un silence ; puis il vient vers moi d'une démarche assurée et toise mes pieds nus.

– Tu es un paysan, hein ? dit-il lentement. J'espère que tu n'as pas la bêtise d'imaginer que tu pourrais avoir les capacités pour entrer dans notre école ?

Sa voix dégouline d'arrogance. Je lui jette un coup d'œil par en dessous. Ken-ichi a changé. Qu'est devenu le garçon que je connaissais ? Le gentil cousin qui riait avec moi quand on était petits ?

– J'ai l'impression que si, Ken-ichi, intervient l'un de ses amis en ricanant. Sinon, pourquoi serait-il ici ?

Ken-ichi tourne autour de moi en m'étudiant des pieds à la tête. Un insecte bourdonne près de mon visage. Je voudrais le chasser, mais je n'ose pas bouger. Ken-ichi s'arrête pour regarder la petite épée en bois de Moriyasu et ricane.

– C'est avec ça qu'on vous apprend à vous battre dans les rizières ? Quel âge as-tu ? Cinq ans ? Six ?

– J'ai treize ans, dis-je d'un ton farouche, en pensant au dernier moment à prendre une voix plus grave, plus masculine. Et j'ai une épée.

Ken-ichi hoche la tête et se baisse pour inspecter mon *nihonto.*

– Je vois ça. Lame en acier trempé... poignée gravée... avec un fourreau digne des meilleurs artisans... mais cette épée n'est pas vraiment à toi, je pense, n'est-ce pas ? Une lame pareille est bien trop belle pour un sale paysan dans ton genre. Tu l'as volée !

– Pas du tout ! je proteste.

Comment ai-je pu être aussi bête ? Il a raison ! Un paysan n'aurait pas de *nihonto* comme le mien. J'ajoute vivement :

– C'est un cadeau de mon père.

Ken-ichi hausse les épaules.

– Alors ton père est un voleur, dit-il platement – et il recommence à me tourner autour.

Je voudrais me jeter sur lui et le forcer à présenter ses excuses... mais je me contrôle. Attaquer un élève du dojo n'est pas le bon moyen d'obtenir un entretien avec le maître. Je serre les dents et je me tourne vers le garde pour lui parler.

Mais Ken-ichi se remet devant moi et lance avec orgueil :

– Les plus nobles familles du royaume envoient leurs fils s'entraîner ici. Et les nobles comme *nous* ne fraient pas avec les sales paysans comme *toi*.

Sa remarque devrait me mettre en colère, mais je sais que le fait qu'il me traite de sale paysan montre qu'il ne me reconnaît pas. Je me détends – un tout petit peu – et je me force à desserrer les poings.

– Vous feriez mieux de fiche le camp, tous les deux, ajoute Ken-ichi en se tournant vers Hana.

Quand il pose les yeux sur elle, Hana baisse la tête et fixe la route.

– Allez, ouste ! reprend-il d'une voix plus forte. Retournez dans vos rizières.

Il a tellement changé ! La dernière fois que je l'ai vu, c'était un petit garçon qui écoutait d'un air pensif mon père nous lire de la poésie à tous les deux dans une cour ensoleillée. Maintenant, bien des lunes ont passé, et Ken-ichi est devenu un jeune homme arrogant qui se moque des inconnus. Je me demande furtivement ce qui a pu lui arriver pour le rendre comme ça. Puis une autre idée me vient à l'esprit. Ken-ichi sait-il seulement que mon père est mort ? Est-il au courant de ce que son père a fait ?

Je décide de le tester – de mentionner papa pour observer sa réaction.

– Je vous demande pardon, Monsieur, dis-je d'un ton respectueux en m'inclinant. Nous sommes deux humbles garçons, étrangers dans cette province. Nous cherchons seulement à améliorer nos capacités et nous avons entendu dire que le jito, le seigneur intendant Yoshijiro, envoie ses fils dans ce dojo.

Ken-ichi ne frémit pas quand je mentionne le nom de papa.

– C'est vrai, dit-il en haussant les épaules. Harumasa et Nobuaki sont des élèves de cette école. Et alors ?

Il parle d'un ton naturel et dégagé ; je suis désormais certaine qu'il ignore totalement que mon père et mes frères sont morts. Je m'incline davantage.

– Si les fils du jito sont élèves ici, ce doit être un très, très bon dojo.

– C'est le meilleur de tout le Japon, déclare fièrement Ken-ichi. Il est trop bien pour les gens comme toi. Maintenant, ôte-toi de mon chemin, face de riz. Mes amis et moi, nous avons rendez-vous au village et tu nous as suffisamment retardés.

Là-dessus, Ken-ichi fait signe à ses amis et me bouscule exprès pour passer. Il passe si près que les *saya* – les fourreaux – de nos épées s'entrechoquent. Le claquement sec résonne dans l'air pur du matin.

Je me fige. Ken-ichi et ses amis se retournent d'un bond et les gardes nous fixent, choqués, avec les yeux écarquillés. Cogner le *saya* représente une grave insulte pour tout samouraï, qu'il soit encore en formation ou non.

Je jette un coup d'œil à Ken-ichi. Son regard est aussi tranchant que son épée.

– Comment oses-tu... ? siffle-t-il en rougissant de fureur. Espèce de... Espèce de sale paysan !

J'en ai assez qu'il me traite de paysan. Je sens la colère monter.

– C'est ta faute ! je m'exclame, les poings serrés dans les plis de mon *hakama*. Tu m'as poussé !

– Je suis le neveu du jito, réplique Ken-ichi. Tu aurais dû me faire preuve de respect en t'écartant et en te mettant à genoux pendant que je passais.

– Je ne me mets à genoux devant personne, je marmonne d'un ton farouche.

– Alors peut-être qu'il est temps que tu t'y mettes, dit Ken-ichi.

Il tire son épée d'un geste fluide.

– Tu es venu ici pour apprendre, pas vrai ? Alors je vais te donner une leçon de respect, face de riz. Dégaine ta lame !

Les gardes regardent droit devant eux, dans le vague, comme s'ils étaient soudain devenus aveugles. Un coup de vent souffle dans les pins derrière moi.

Ken-ichi me fusille du regard.

– Nous nous battrons jusqu'au premier sang.

J'échange un coup d'œil avec Hana. Sa bouche pincée forme une ligne sévère et elle a la main sur la poignée de son *nihonto*. Comme s'ils sentaient qu'elle va venir à ma rescousse, les deux amis de Ken-ichi s'en approchent vivement pour lui bloquer le passage. Elle essaie de les contourner, mais l'un d'entre eux tend le bras pour la retenir.

Je me tourne de nouveau vers Ken-ichi et je tire vivement mon épée.

Ken-ichi soutient mon regard.

– Jusqu'au premier sang, face de riz, répète-t-il.

Je soupèse mon *nihonto*. Habituée à son toucher lisse, j'ai la poignée bien en main, et le métal me paraît parfaitement équilibré. Je recule le pied droit et je fixe Ken-ichi, essayant de deviner ses intentions tandis qu'il se balance d'un pied sur l'autre en tenant son épée à deux mains.

En poussant un cri qui me glace le sang, il me fonce dessus. La pointe de sa lame scintille sous le soleil en fendant l'air. Je lève mon épée pour une parade en hauteur. Le bruit du métal qui s'entrechoque se répercute contre les murs entourant le dojo.

Ken-ichi ne me manifeste aucune indulgence, mais je n'en attendais pas. C'est un bon combattant – meilleur que je ne le pensais –, aussi vif et agile que mes frères l'étaient. Ses yeux noirs sont rivés sur moi ; il enchaîne des attaques rapides, alimentées par la colère et l'agressivité dont il garde tout juste le contrôle. Une fois de plus, j'en suis réduite à parer ses coups. Puis j'avance vite le pied droit pour garder une posture solide quand je lève ma lame et l'abats dans un sifflement.

Nos épées se croisent puis s'emmêlent, faisant résonner les lames ; le bruit porte au-delà de la porte ouverte du dojo.

Ken-ichi ne laisse pas passer une seule occasion – il profite du moindre soupçon d'ouverture pour attaquer, et ce n'est qu'en pivotant frénétiquement les poignets que je peux ramener mon épée pour dévier ses tentatives de coups.

J'aperçois fugitivement Hana qui nous regarde d'un air terrifié. Les autres garçons lancent des encouragements à Ken-ichi tout en retenant ma sœur. L'un d'entre eux lui a arraché son épée. Elle se débat, le visage échauffé.

Essoufflés, à présent, on se tourne autour, Ken-ichi et moi, en soulevant la poussière de la route sous nos pieds. Il est rapide et léger ; sa lame se lève et s'abaisse en un éclair dans un arc scintillant. Les années que mon cousin a passées à s'entraîner ici, au dojo, se voient dans ses mouvements souples et déterminés. J'éprouve un soudain pincement d'appréhension. Comment ai-je pu espérer le vaincre ?

En me défendant désespérément, je garde les yeux fixés sur sa lame qui fouette l'air. Un grognement m'échappe quand nos épées s'entrechoquent. Le soleil de midi cogne sur nos têtes et je sens la transpiration perler sur mon front.

Nos lames sifflent encore et encore, filant vers le haut, sur un côté, puis l'autre, vers le bas. Je tends une main devant moi pour m'efforcer de garder l'équilibre tandis que ma main armée lève mon épée... Ken-ichi se baisse pour éviter ma lame et s'avance si près que je sens tout d'un coup son bras sur le mien. Il saisit la poignée de mon *nihonto* et la tord brutalement.

Là-dessus, je m'envole dans les airs et j'atterris lourdement sur la route poussiéreuse, le souffle coupé. Sachant que je dois me relever, j'essaie de me mettre debout. Mais c'est trop tard. Une ombre tombe sur moi. Ken-ichi est là et cache la lumière du soleil en se dressant au-dessus de moi. Avec un rictus triomphal, il baisse lentement son épée et pose la lame contre ma joue.

– Souviens-toi des règles, face de riz, dit-il d'une voix mielleuse. Jusqu'au premier sang...

– Non ! s'écrie Hana, horrifiée, en se débattant avec plus d'énergie pour échapper aux amis de Ken-ichi.

Mais Ken-ichi ne lui prête aucune attention. Je sens le bord acéré de son épée s'enfoncer dans la peau fine qui est juste sous mon œil. Je serre les dents, déterminée : je ne supplierai pas mon cousin de m'épargner.

Tout d'un coup, une voix forte et autoritaire fend l'air autour de nous.

– *Arrêtez !*

Ken-ichi recule aussitôt. En levant les yeux, je vois un homme à l'allure sereine qui se tient dans l'entrée du dojo. Les cheveux gris et les sourcils broussailleux, il porte un long kimono de soie noire fermé par une large ceinture noire. Avec son dos bien droit et ses épaules vigoureuses, il n'a rien d'un vieillard. Son visage arbore un air sévère.

À sa vue, Ken-ichi rengaine précipitamment son épée, et ses amis lâchent Hana. L'un d'eux jette l'épée de ma sœur dans la poussière pendant que je me relève tant bien que mal.

Ken-ichi s'incline profondément. Bien que je n'aie jamais vu cet homme avant, je devine que c'est Maître Goku. Il a été le professeur de mon père et de mes frères, et papa m'a souvent parlé de sa sagesse et de son habileté.

– J'ai entendu des épées s'entrechoquer alors que je conduisais la méditation de ma classe, dit Maître Goku d'un ton calme et mesuré. J'ai pensé que des bandits avaient peut-être eu l'audace de venir à l'entrée de mon école. Naturellement, je suis vite venu voir.

Il fixe Ken-ichi en plissant ses yeux sombres.

– Mais en arrivant, je ne vois pas de bandits. Juste des enfants. Peut-être peux-tu m'expliquer ce qui se passe ici, Ken-ichi ?

– Ce paysan m'a insulté, Maître Goku.

Sa férocité a disparu, maintenant qu'il a peur de se faire gronder par le maître, et j'aperçois fugitivement mon cousin tel que je le connaissais autrefois.

– Il ne s'est pas écarté pour me céder le passage sur la route.

– Ah oui ?

Le regard sévère de Maître Goku se pose sur moi pendant un moment.

– Dis-moi, mon garçon, as-tu insulté mon élève ?

– Je ne voulais pas l'insulter, je réponds calmement. Nos épées se sont touchées, mais c'était un accident.

Ken-ichi soupire. Il s'apprête à protester, mais Maître Goku le fait taire en levant la main.

– Il est facile de voir le pire dans n'importe quelle action, dit-il d'un ton pensif. Un bon samouraï doit connaître la différence entre une insulte et un accident, et éviter la violence tant qu'elle n'est pas nécessaire.

Il croise les bras, glisse les mains dans ses larges manches et pose le regard sur Ken-ichi. Ses prunelles sont aussi noires que l'ardoise.

– Si tu dois devenir un samouraï un jour, il faut que tu apprennes à contrôler ton orgueil.

Ken-ichi s'incline encore plus bas que tout à l'heure.

– Oui, Goku-sensei, murmure-t-il, employant la formule respectueuse pour s'adresser à lui.

– Rentre, maintenant, et médite sur la sottise des actions précipitées.

Maître Goku désigne d'un geste la porte qui ouvre sur le dojo.

– Mais c'est mon après-midi de congé, Maître Goku ! crachote Ken-ichi. Nous allions au village...

D'un regard sévère, Maître Goku le fait taire.

– Je t'ai demandé de méditer, Ken-ichi. Retournez dans l'école, toi et tes amis. Immédiatement.

Ken-ichi me jette un regard furieux, puis rentre à grands pas dans le dojo avec ses amis.

Je reporte mon attention sur Maître Goku et je m'aperçois qu'il a les yeux fixés sur moi.

– Rengaine ton épée, mon garçon.

Son ordre est donné calmement, mais ne laisse aucun doute sur le fait qu'il faut y obéir.

Je ne m'étais pas rendu compte que j'avais toujours mon *nihonto* à la main ; je le remets vite dans son fourreau.

– Maintenant, dis-moi ce que tu fais ici, devant ma porte, continue Maître Goku.

Je ne pourrais pas en jurer, mais sa voix me paraît plus douce que lorsqu'il s'adressait à Ken-ichi. J'avale ma salive et je m'incline. À côté de moi, Hana s'incline aussi.

– Je vous prie de me pardonner cette intrusion, Maître, dis-je. Nous sommes deux humbles garçons venus de loin, à l'autre bout de la province, pour demander une place dans votre école.

Maître Goku sourit.

– Je suis honoré que vous ayez fait un si long voyage pour venir dans mon école. Mais j'ai bien peur que vous soyez venus pour rien. Mon dojo est complet, et il y a beaucoup de garçons qui attendent qu'une place se libère.

Il incline la tête.

– Vous allez devoir chercher une place dans une autre école. Je vous souhaite bonne chance.

Là-dessus, il se détourne pour retourner à l'intérieur.

Hana me jette un regard désespéré et s'avance. Les gardes croisent vite leurs lances, lui bloquant le passage pour qu'elle ne suive pas Maître Goku.

– Attendez, Maître ! appelle-t-elle. Écoutez nos arguments.

Maître Goku s'arrête net. Il ne se retourne pas, mais il semble écouter.

Hana inspire profondément.

– Nous ne voulons pas nous former dans une autre école, mon frère et moi, dit-elle d'un ton catégorique. Pour nous, il n'y a pas d'autre dojo que celui-ci.

Sous le regard noir des gardes, je vais me placer à côté d'elle et j'ajoute :

– Nous avons tout ce qu'il faut pour devenir de grands guerriers. Seriez-vous disposé à nous accorder une chance de vous montrer que nous sommes dignes d'une place dans la meilleure école du royaume ?

Maître Goku se retourne lentement pour nous regarder. Je continue :

– Je vous en prie, laissez-nous vous faire une démonstration de ce que nous savons faire. Nous nous sommes entraînés dur, mon frère et moi... et nous serions de taille à lutter contre n'importe lequel de vos élèves dans un combat à un contre un si c'est ce qu'il faut pour vous prouver notre valeur.

– Croire en soi est une qualité admirable chez un guerrier, dit Maître Goku. On ne devrait jamais aborder le combat avec le moindre doute quant à ses propres capacités.

Il nous considère toutes les deux en silence pendant un long moment, étudiant d'abord Hana, puis reportant sur moi son implacable attention. Je commence à me sentir mal à l'aise sous son regard inquisiteur.

– J'apprécie ta détermination, mon garçon, dit-il enfin. Je vais peut-être te donner une chance. Venez, tous les deux.

Il nous conduit dans une cour ombragée par un grand saule. Du sable bien ratissé craque sous nos pieds. Dans un coin, un élève solitaire en *hakama* noir et kimono marron court, glisse et tourne rapidement dans la poussière, répétant son jeu de jambes. Deux serviteurs sont encore en train de repousser du sable dans la cour avec un balai. Quand ils voient Maître Goku, ils s'inclinent profondément et on lit sur leur visage tout le respect qu'ils ont pour lui.

– Vous allez avoir l'occasion de faire vos preuves, reprend le maître, mais vous ne vous battrez pas contre un de mes élèves.

Il secoue la tête, avec une expression indéchiffrable.

– Non, celui que vous affronterez, c'est moi.

J'entends Hana inspirer vivement. En m'efforçant de dissimuler ma propre surprise, je m'incline devant lui.

– Merci, Monsieur, dis-je. Nous ne vous décevrons pas.

J'ai du mal à respirer.

– Nous verrons ça, répond le maître. Nous allons nous battre à mains nues et je vais tester vos réflexes, votre rapidité et votre ingéniosité. Retirez vos sandales et vos épées, s'il vous plaît.

Je déglutis avec peine.

– Maintenant ?

Maître Goku hoche la tête.

– Oui, immédiatement. Je ne vois aucune raison de tarder. Si vous n'arrivez pas à me convaincre, il me paraît plus loyal de vous donner le reste de l'après-midi pour gagner un autre dojo.

Je crois voir un soupçon de sourire relever le coin de ses lèvres pendant qu'il retire ses sandales et retrousse les larges manches de son kimono. Je revois mon père parler de sa formation, il y a de nombreuses années, et du talent exceptionnel de Maître Goku pour le combat à mains nues. Un jour, il a battu dix de ses meilleurs élèves en les affrontant tous en même temps au cours d'un exercice sur les attaques simultanées. Dix élèves ! Dans quoi nous sommes-nous fourrées, ma sœur et moi ?

Mais je n'ai plus le temps d'hésiter : nous retirons toutes les deux notre épée et nous suivons Maître Goku au milieu de la cour. Après nous être tous salués, nous prenons position, jambes écartées et genoux souples. Hana et moi exécutons les mêmes gestes que le maître : enrouler une main pour former un poing devant le ventre et tendre l'autre bras devant le visage, la paume tournée à plat vers le sol et les doigts pointés vers la gorge de l'adversaire.

Attaque en premier, rapide comme le vent, et montre-lui de quoi tu es capable. Cette pensée me vient comme un souffle d'air frais et pur apporté de la forêt de pins qui entoure le dojo...

J'inspire profondément, je fais le vide dans mon esprit et je passe à l'attaque.

CHAPITRE 7

Je fais un pas en avant, puis je décoche un coup fulgurant avec le poing qui est près de mon ventre, en visant la poitrine de Maître Goku.

Il le bloque avec l'avant-bras et, avant que j'aie eu le temps de cligner des yeux, le dos de sa main fonce droit vers mon visage. En même temps, son autre main porte un coup bas vers mon ventre.

Je l'esquive et je réplique avec le tranchant de la main, en canalisant l'énergie de mon mouvement de rotation dans mon bras et ma main.

Maître Goku pare mon coup facilement. Sa posture est solide et parfaitement équilibrée. Mon attaque suivante est mal contrôlée; Goku fait un pas de côté et je trébuche, emportée par mon élan.

Hana se jette dans la mêlée. Elle fait un moulinet, visant la tête de Goku avec le tranchant de la main.

Goku dévie le coup sans effort et s'immobilise, les pieds écartés et les genoux fléchis, nous donnant le temps de réfléchir à nos prochaines actions.

Soudain, l'élève solitaire quitte la cour en trombe. Du coin de l'œil, je vois la plante de ses pieds, toute blanche, apparaître au rythme de sa course jusqu'à ce qu'il s'engouffre sous une arche encadrée de bas-reliefs en bois.

– Il y a un combat dans la cour principale ! s'écrie-t-il. Venez voir !

D'autres élèves font passer le mot et, bientôt, l'appel résonne de toit en toit. À mesure que la nouvelle se répand dans le dojo, des garçons de tous les âges jaillissent de l'arche dans une joyeuse bousculade et s'attroupent autour de nous en jouant des coudes pour mieux voir.

J'essaie d'ignorer les spectateurs et de me concentrer sur Maître Goku et ses mouvements. Je n'ai pas le temps de penser ni d'éprouver quoi que ce soit, j'ai juste le temps d'agir. Nos bras et nos jambes bougent si vite qu'ils deviennent des taches floues. Les poings volent à gauche et à droite. Je frappe, bloque, frappe de nouveau, puis je porte un violent coup de poing. Goku me repousse d'une bourrade et, aussitôt, Hana lui saute dessus et lui décoche un fulgurant coup de pied en hauteur. Il le pare et, quand elle atterrit, il balaie aussitôt ses jambes sous elle. Elle amortit sa chute avec une roulade qui laisse une trace dans le sable... et pendant un moment, elle n'est plus dans le combat.

Maître Goku fait volte-face pour se concentrer sur moi. Tel un imposant monument de force et de calme, il est bien ancré et parfaitement équilibré. Je m'élance vers lui comme une toupie, décochant une attaque après l'autre, en m'efforçant de garder le tranchant des mains et des pieds aussi dur qu'une lame d'acier, comme me l'a appris papa. Mais Maître Goku pare les coups hauts comme les coups bas, puis fait un pas de côté, sans précipitation, le visage serein.

Je tourne les hanches et vise son ventre d'un furieux coup de pied. Il saisit mon pied et, d'une délicate rotation du poignet, m'envoie valser dans le sable de la cour. Certains élèves lâchent un hoquet d'effroi quand je heurte brutalement le sol.

Hana, qui s'est relevée, attaque soudain Maître Goku d'un coup de pied latéral au genou. Il le bloque aussitôt avec le tibia, fait volte-face et s'approche d'elle pour lui glisser un bras par-dessus l'épaule. Déséquilibrée, elle tombe en arrière et atterrit dans la poussière.

Je me remets sur pied tant bien que mal et je me lance à nouveau dans le combat. Je fonce sur Maître Goku, le poing en arrière. Je manifeste l'intention de le frapper avec, mais en fait, je calcule de tourner sur moi-même et de l'attaquer d'un coup de pied arrière.

Le maître se tient prêt. Il attrape mon pied et me fait tomber à plat dos à côté de ma sœur. Je hoquette, le souffle coupé. C'était mon meilleur coup, le plus agile... mais le maître l'a anticipé comme s'il lisait dans mes pensées !

Il nous fait un signe de tête, avec un demi-sourire tandis qu'on gît toutes les deux dans le sable, vaincues. Les élèves attroupés acclament Maître Goku, qui paraît les remarquer seulement maintenant.

– Vous devriez tous être à vos études, leur dit-il en fronçant les sourcils, faisant mine d'être mécontent. Le savoir est comme une jeune plante fragile qui pousse dans un jardin. Que se passe-t-il si on néglige cette plante ?

Les élèves se taisent, immobiles. Puis l'un d'eux, un garçon au visage avenant et aux cheveux noirs coupés court, prend la parole. Je le reconnais : c'est celui qui s'entraînait seul quand nous sommes arrivés dans la cour.

– Une plante négligée va faner et mourir, Maître Goku, dit-il.

Le maître lui adresse un sourire.

– En effet, Tatsuya. Et tout comme une plante se fane et meurt, le savoir va vous échapper et sombrer dans l'oubli. Filez tous, maintenant, et retournez étudier. Vous êtes ici pour apprendre, pas pour rester oisifs.

Les élèves s'inclinent et repartent en hâte.

Hana et moi sommes toujours à terre mais, quand Maître Goku se tourne dans notre direction, nous nous redressons précipitamment sur les genoux, les mollets bien rangés sous les cuisses, dans la position respectueuse du *seiza*. Je sens que mes muscles sont affaiblis et je sais que j'aurai des contusions, demain.

Maître Goku s'incline profondément devant nous. Ensemble, Hana et moi nous inclinons à notre tour, et je repense à ce que j'ai dit à Ken-ichi tout à l'heure : que je ne me mettais à genoux devant personne...

Mais avec Maître Goku, ce n'est pas pareil. Lui, c'est quelqu'un qui mérite qu'on lui témoigne du respect.

Le maître nous fait signe de nous lever et nous tend nos épées et nos sandales usées. Pendant que nous nous époussetons, je sens qu'il nous observe.

Je me demande ce qu'il pense. Se doute-t-il que nous sommes des filles ? Je me redresse et je déploie les épaules pour m'efforcer de paraître aussi grande et masculine que possible.

Je le supplie mentalement : *S'il vous plaît, acceptez-nous...* Je ne sais pas ce que je ferai si Maître Goku ne nous offre pas de place au dojo. Nous n'avons pas d'alternative...

Maître Goku se tourne vers Hana.

– Tes pieds ont la légèreté d'une gazelle, dit-il avec douceur. Tu es agile et rapide, avec une grâce naturelle. Comment t'appelles-tu ?

– H... commence-t-elle, puis elle s'interrompt en rougissant, confuse.

Elle me jette un regard désespéré et mon cœur se met à tambouriner dans ma poitrine. Nous n'avons pas pensé à des noms !

Maître Goku lui adresse un sourire encourageant.

Réfléchissant vite, j'interviens :

– Otonashi, dis-je résolument. Mon frère se nomme Otonashi, mais tout le monde l'appelle Poing Silencieux.

– Otonashi veut dire « doux » ou « silencieux », dit Maître Goku en observant Hana d'un air pensif. C'est un nom bien choisi. Le silence, c'est la force.

Il s'incline, puis passe à moi.

– Tu as une forte capacité de concentration, mon garçon, dit-il. Tes attaques du pied sont rapides et puissantes. Est-ce que ton nom reflète aussi tes points forts ?

Je hoche la tête en le remerciant secrètement de m'avoir tendu cette perche, même s'il ne se doute évidemment pas qu'il m'aide.

– Oui, je réponds calmement. Je m'appelle Kagenashi et les gens me surnomment Pied Sans Ombre.

Maître Goku sourit.

– Tu as dit vrai, garçon sans ombre. Vous avez tous les deux du potentiel...

– Oh, merci ! je m'écrie.

Mais le maître me fait taire en levant la main.

– Ça ne veut pas dire que je peux vous accepter dans mon école, ajoute-t-il en fronçant légèrement les sourcils.

Mon cœur se serre.

– Moi non plus, je n'ai pas menti quand j'ai dit que nous n'avons pas de place. Nous venons de terminer l'admission de nouveaux élèves pour cette année. Je le dis à regret, car je vois vos dispositions naturelles et j'aimerais pouvoir les développer... mais je ne peux pas.

Il s'incline de nouveau.

– Je suis désolé.

Sans nous laisser le temps de discuter ou de montrer notre déception, Maître Goku fait signe à l'un des serviteurs qui se tiennent à proximité.

– Ces garçons s'en vont, dit-il. Mais ils ont fait un long voyage et ils ont faim et soif. Allez leur chercher de l'eau et un sac de riz transportable pour qu'ils puissent se restaurer, s'il vous plaît.

Le serviteur acquiesce et s'éloigne en hâte. Je le regarde partir, le cerveau en ébullition. Maître Goku me considère avec bonté et, soudain, une nouvelle idée me vient à l'esprit ; elle me fait l'effet d'une énorme vague s'écrasant contre une falaise.

– Des serviteurs, je marmonne. Nous pourrions être des serviteurs...

– Oh oui ! s'exclame Hana en m'approuvant d'un hochement de tête énergique.

– Si votre école est au complet, Maître Goku, je reprends, il va y avoir beaucoup de travail pour vos serviteurs. Nous pourrions les aider en balayant le sol et en servant les repas. Nous pourrions...

Je m'interromps brusquement. Que font les serviteurs, à part ça ? Tout ! Sauf qu'Hana et moi n'avons aucune idée de la manière dont on s'y prend. Mais la seule chose qui compte, c'est que nous devons absolument rester ici. Nous ne pouvons pas courir le risque de repartir sur les routes.

– Nous sommes travailleurs, dis-je.

Maître Goku glisse les mains dans ses larges manches et m'étudie. J'aimerais savoir ce qu'il pense.

Au bout d'un moment, il déclare :

– Un serviteur – comme tout bon samouraï – doit être humble, discret et patient. As-tu ces qualités, Kagenashi ?

Je hoche la tête et, à côté de moi, Hana acquiesce aussi.

– Nous les avons tous les deux, dis-je résolument.

Le serviteur revient et traverse vite la cour avec un récipient en bambou et une boule de riz gluant à demi emballée dans une feuille verte.

– Le riz et l'eau, Maître.

– Merci, répond Maître Goku.

Après un moment de silence, il ajoute :

– Je suis désolé de vous avoir envoyé faire une course inutile. Ces garçons n'ont plus besoin de nourriture à emporter, désormais. Ils ne partiront pas, finalement.

J'en ai le souffle coupé.

– Non, nous ne partirons pas, je répète avec un sourire.

À côté de moi, le visage d'Hana rayonne comme la lune par une tiède nuit de printemps.

– Nous pouvons rester ?

Maître Goku sourit.

– Oui. Mais j'attends de gros efforts de votre part. Et peut-être... peut-être que si vous travaillez assez dur, vous aurez la récompense d'être invités à certains de mes cours.

Je voudrais lui sauter au cou et le serrer contre moi, mais je sais que ce ne serait pas poli. Et puis il se détourne déjà pour s'éloigner dans la cour.

– Suivez-moi, lance-t-il par-dessus son épaule. Quand on est l'un de mes serviteurs, on ne reste pas planté sans rien faire avec un grand sourire alors qu'il y a du travail à faire.

Hana et moi échangeons des coups d'œil ravis, puis rattrapons vite le maître, qui sort de la cour et s'engage dans une galerie en bois bordée de cerisiers. À notre gauche se trouvent des bâtiments et, à notre droite, une autre petite cour où quatre ou cinq élèves se battent avec des épées émoussées.

– Je vais vous présenter à l'intendant du dojo, dit Maître Goku dans un tournant.

Des bruits venus des quatre coins de l'école nous parviennent : le petit « tchac ! » d'une flèche qui touche sa cible, le claquement de perches en bois, le grognement de quelqu'un qui tombe par terre.

– L'intendant s'appelle Choji, poursuit Maître Goku. C'est à lui que vous rendrez des comptes pour tout. Il vous donnera vos repas, vos vêtements et vos consignes.

– Oui, Maître, répondons-nous en chœur, Hana et moi.

Nous passons devant un jardin de mousse, puis un bassin rond dans lequel une cascade tombe d'une haute falaise de pierre. Puis nous voyons une pelouse où des élèves formant un cercle parfait sont agenouillés dans la posture du *seiza*. Ils fixent tous une fleur de lotus qui flotte dans un bol d'eau au centre de leur cercle. Un jeune maître en veste noire et *hakama* impeccables déambule parmi eux, le visage serein.

– La contemplation, commente Maître Goku en remarquant mon regard interrogateur, peut apporter la sérénité et la paix intérieure. C'est très utile pour le guerrier qui se prépare au tumulte et à la tension d'une bataille.

Je m'incline avec respect pour le remercier de nous instruire pendant notre traversée de l'école. D'un coup d'œil en biais, je vois qu'Hana ne perd pas une miette de tous ces sons et ces images, elle non plus. Je sais que, comme moi, elle les grave dans sa mémoire. Un jour, je suis sûre que nous saurons gré à Maître Goku de nous avoir donné ce conseil.

Nous arrivons enfin devant un long bâtiment bas dont le toit se recourbe vers le haut à chaque coin. Un homme trapu en veste bleue et pantalon long apparaît sur le seuil à notre approche. Il est costaud, avec un cou de taureau, et il a les cheveux rasés sur l'avant de la tête, mais l'arrière est noué en queue-de-cheval huilée – la coiffure traditionnelle du samouraï. Il porte un panier en bambou rempli de linge plié mais, quand il voit Maître Goku arriver, il le pose et le salue bien bas.

– Ah, monsieur Choji, lance le maître d'une voix guillerette.

– Bonjour, Sensei, dit l'intendant – appelant le maître « professeur », selon l'usage traditionnel. Que puis-je faire pour vous ?

– Je vous amène deux garçons de cuisine. Ils s'appellent Otonashi et Kagenashi. Je suis sûr que vous trouverez de quoi les occuper.

Choji nous examine en plissant les yeux, Hana et moi.

– Ils sont trop maigres, marmonne-t-il. Mais je suppose que je vais devoir me débrouiller avec ça. Il nous manque trois serviteurs, alors je suis obligé de prendre ce qu'on me donne !

Il ramasse son panier de linge.

– Maintenant, les gringalets, il vaut mieux que je vous montre où vous allez dormir. Et il va vous falloir des vêtements propres, aussi. Vous êtes dégoûtants. Qu'est-ce que vous avez fait – vous vous êtes roulés dans des ruisseaux et battus avec les broussailles pour vous frayer un chemin dans la forêt ?

Je me mords les joues pour m'empêcher de sourire. Choji n'imagine pas à quel point il est proche de la vérité !

Maître Goku sourit et nous salue.

– Aujourd'hui, dit-il, nous sommes le premier jour d'Usui, la saison des pluies – un moment spécial pour nous, ici au dojo, car c'est le début officiel d'une nouvelle période de *kenshu*, ou d'entraînement intensif. Ce soir, nous donnons une cérémonie pour marquer l'événement. Il va y avoir beaucoup de travail pour aider Choji à tout préparer.

Mon cœur se serre quand je me rappelle que mon père aurait assisté à cette cérémonie. Moi qui l'ai supplié de me donner la permission de les accompagner, lui et mes frères, voilà que maintenant le *karma* m'a conduite ici à leur place.

Choji hoche la tête.

– Oui, beaucoup de travail. Il y aura de quoi vous occuper, les gringalets, commente-t-il d'un ton brusque.

Je commence à craindre que l'on ne trouve pas chez Choji la bonté que Maître Goku nous a manifestée.

– Je souhaite que vous assistiez à la cérémonie, tout à l'heure, continue le maître. Les démonstrations de combats seront peut-être instructives pour vous deux.

Bien... maintenant, je dois retourner à mon cours de méditation. Je vous laisse entre les mains compétentes de Choji.

En inclinant une dernière fois la tête, Maître Goku se retire, nous laissant seules avec Choji.

– Venez, les gringalets, lance l'intendant en calant le panier de linge sous un de ses bras musclés. Je vais vous montrer vos quartiers.

Nous le suivons dans un couloir, puis nous franchissons une porte coulissante et nous entrons dans une pièce minuscule garnie d'un plancher rudimentaire. Il y a des matelas roulés sur les étagères et des piles de vêtements propres et bien pliés.

– Prenez chacun une couverture supplémentaire dans le placard de réserves qui est au bout du couloir, dit Choji de sa voix bourrue. Les gringalets dans votre genre, ça doit sentir le froid.

Il nous salue rapidement et nous laisse, en fermant la porte coulissante derrière lui. Comme je retire mes vêtements crasseux, je ne peux pas m'empêcher de penser à notre chambre, à la maison, avec ses draperies de soie, ses placards laqués et ses édredons piqués. Cette minuscule pièce nue n'a aucun des conforts auxquels nous sommes habituées, mais il y fait chaud et nous y sommes à l'abri. Et si nous devons cacher notre véritable identité, Hana et moi ne pouvons pas montrer le moindre signe de malaise.

On enfile rapidement notre nouvelle tenue : veste bleue et pantalon large. Je tiens l'épée en bois de mon petit frère un moment, en espérant qu'un jour je pourrai la lui rendre et voir un sourire radieux illuminer son visage. Puis je la glisse sous ma couverture pliée.

Je lève les yeux: Hana est en train d'attacher sa ceinture. Je m'aperçois aussitôt qu'elle fait un nœud qui s'ouvre sur la gauche. Je chuchote avec empressement :

– Non, Hana ! Ce sont les *dames* qui nouent leur ceinture sur la gauche. Les hommes font le nœud sur la *droite*.

Hana s'immobilise sans me regarder. Pendant un instant, son menton tremblote et je me dis qu'elle va pleurer, mais je ne vois pas de larmes couler. Elle défait stoïquement sa ceinture et la rattache avec le nœud qui s'ouvre sur la droite.

Je l'appelle doucement :

– Hana... ?

Elle se tourne vers moi, le visage grave.

– Je m'appelle Otonashi.

CHAPITRE 8

Je la serre dans mes bras.

– D'accord, Otonashi, dis-je, la gorge nouée. Allons nous mettre au travail.

On trouve Choji dans la cuisine, un bâtiment carré, de plain-pied, entre les quartiers des serviteurs et la plus grande des nombreuses salles d'entraînement du dojo. Ko, un autre serviteur de notre âge, posté devant une table en bois, coupe des légumes tellement vite que ses mains semblent papilloter comme les ailes d'un oiseau-mouche. Quand on entre, il lève les yeux et sourit. Nous lui rendons son sourire.

Choji se retourne pour voir qui est entré dans sa cuisine.

– Venez ici, les gringalets ! ordonne-t-il. J'ai besoin que quelqu'un me goûte cette soupe...

Il pose avec fracas sur la table deux énormes bols en bois remplis de soupe de poisson.

Pendant qu'on traverse la cuisine, je m'aperçois qu'Hana déambule d'une façon masculine. J'ajuste ma démarche, moi aussi, en rallongeant mes pas et en laissant mes mains pendre mollement sur mes flancs.

– Allez, mangez ! nous presse Choji. Puis dites-moi ce que vous en pensez. Trop de sel ? Pas assez de sucre ? Qu'est-ce qui manque, hein ?

Je vide mon bol à grandes gorgées avides, en essayant de me rappeler à quel moment nous avons mangé pour la dernière fois. Est-ce que c'était hier soir, avant le *kaiseki ryori* ?

– Cette soupe est délicieuse, dis-je à Choji en m'essuyant la bouche avec la manche comme un garçon. Il n'y manque rien !

– Rien ? aboie Choji – et il goûte la soupe à son tour. Moi, je trouve qu'elle manque de sel. Vous feriez mieux d'en manger encore, pour voir ce que je veux dire.

Il nous ressert avec une louche.

Après la soupe, Choji nous donne de grosses boules de riz gluant et une assiette de pousses de bambou.

– Si vous devez travailler ici, dit-il, il va falloir que je vous fasse grossir un peu. Je ne peux pas avoir des gringalets dans ma cuisine... Les élèves pourraient penser que mes plats ne sont pas bons !

Il me regarde avec des yeux pétillants et, à cause des couvertures supplémentaires et des bols de soupe, je commence à voir que, sous ses dehors bourrus, Choji est un homme bon.

Quand nous avons fini de manger, il nous conduit jusqu'à un placard à balais et nous confie notre première tâche.

– La cérémonie inaugurale de ce soir se déroulera dans la salle d'entraînement, nous annonce-t-il. Je veux qu'elle soit propre et bien rangée. Tiens, mon garçon, dit-il à Hana. Lave et essuie le plancher, puis cire-le soigneusement avec ces chiffons. Et prends des tatamis propres à disposer sur l'estrade pour que le maître puisse s'asseoir dessus.

Il se tourne vers moi.

– Et toi, Kagenashi, je veux que tu places ces lanternes sur leur pied tout le long des murs et que tu les allumes pour le moment où les élèves se rassembleront, au coucher du soleil. Ensuite, aide à cirer.

Je m'incline en hochant la tête, le cerveau en ébullition. Mes frères Nobuaki et Harumasa ont souvent parlé des cérémonies du dojo, décrivant d'éblouissantes démonstrations de combats et d'enchaînements, mais ils n'ont jamais mentionné tous les préparatifs nécessaires pour installer la salle d'entraînement ! Je ne m'étais jamais rendu compte du travail qu'une cérémonie du *kaiseki ryori* pouvait représenter pour nos serviteurs, à la maison.

Choji nous laisse rassembler les tapis, les lanternes et leurs pieds et, les bras chargés, Hana et moi traversons vite un petit jardin pour rejoindre la salle d'entraînement.

C'est une très grande pièce aérée, avec un toit décoré soutenu par des rangées de piliers carrés. Des ouvertures ménagées le long d'un mur offrent une vue sur les jardins raffinés et les bassins de nénuphars. L'immense parquet a perdu son éclat à force d'y répéter les déplacements ou les roulades, et nous allons devoir faire briller tout ça à temps pour la cérémonie.

Nous passons le reste de l'après-midi à préparer la salle. Ko, le jeune garçon de cuisine, vient nous aider.

– Il paraît que tu t'es battu avec Ken-ichi, me dit-il quand on termine d'astiquer le plancher. J'espère que tu as réussi à placer quelques coups qui font mal.

Je le regarde avec surprise. Je m'imaginais que mon cousin était apprécié, dans son école.

– Tu n'aimes pas Ken-ichi ?

Ko se lève en secouant la tête.

– Il est vaniteux comme un paon. Il aurait besoin qu'on lui fasse ravaler son orgueil à coups d'épée, marmonne-t-il en jetant un coup d'œil par-dessus son épaule pour s'assurer que personne d'autre ne l'entend. Il t'a dit qu'il était le neveu du jito, j'imagine ? S'il ne l'a pas encore fait, il ne va pas tarder ! Ken-ichi ne laisse jamais personne oublier à quel point il est important.

Ko enflamme trois fines bougies très longues. Il en donne une à Hana et une à moi, et nous allumons les dizaines de lanternes que j'ai accrochées à leurs pieds, çà et là dans la salle. Nos ombres se mettent à danser sur les murs tandis qu'on avance de-ci de-là.

– Méfiez-vous de Ken-ichi, reprend Ko au bout d'un moment. C'est le genre rancunier. Alors restez sur vos gardes quand il est dans les parages, parce qu'il s'est déjà plaint d'avoir perdu son après-midi de congé.

– Que pourrait-il nous faire ? demande calmement Hana.

– Il pourrait tendre le pied pour te faire trébucher quand tu cours dans une allée avec un plateau chargé de bols de thé, répond Ko. Et lorsque tu chercheras le coupable, il aura disparu et tu devras te débrouiller pour expliquer à Choji pourquoi tous les bols sont cassés...

– Ça t'est arrivé ? je demande.

Il hoche la tête.

– Oui. Ken-ichi trouve ça hilarant. Et Choji me croit maladroit.

– Nous ferons attention, dit Hana.

J'acquiesce.

– Merci de nous avoir prévenus.

À présent, je sais que mon cousin a radicalement changé et n'est plus le garçon que j'ai connu. Non seulement il est devenu arrogant, mais en plus il est cruel.

– Ce n'est pas tout, continue Ko. Ken-ichi aime découvrir les moindres petites choses sur toi, tous tes secrets, puis les utiliser contre toi au moment où tu t'y attends le moins.

Pendant qu'il tend le bras pour allumer la dernière lanterne, Hana et moi échangeons un regard inquiet. Si Ken-ichi s'aperçoit que nous sommes des filles, notre avenir au dojo sera compromis. Et s'il se rend compte que nous fuyons le nouveau jito, on nous jettera dehors, où nous serons une fois de plus à la merci des samouraïs d'oncle Hidehira.

– Mais bon, j'imagine que vous n'avez pas beaucoup de secrets, tous les deux, ajoute Ko en se tournant de nouveau vers nous.

Avec un sourire joyeux, il souffle sa bougie.

– Venez, on a terminé ici. On ferait mieux de retourner aux cuisines et de voir ce que Choji veut qu'on fasse d'autre.

– L'intendant paraît sévère, murmure Hana.

– Ça fait partie de son personnage, c'est tout, lui dit Ko. Les seuls cas où il se met vraiment en colère, c'est quand on ne fait pas notre travail !

Nous avons de quoi nous occuper pendant tout le reste de l'après-midi, Hana et moi : il faut ratisser l'allée gravillonnée qui mène à la salle d'entraînement, dans le jardin, balayer le sol de la cuisine et essuyer des dizaines de bols à nourriture et de bols à boire, puis les empiler pour la cérémonie sur des plateaux en laque rouge et noir. Épuisées, nous peinons à tenir le rythme. Notre dos nous fait souffrir, nos mains et nos pieds sont couverts d'ampoules à cause de ces tâches inhabituelles.

Le soleil glisse derrière les toits rouges aux coins recourbés du dojo quand Choji nous dit de rassembler nos plateaux chargés et de le suivre. Sur ses talons, on retourne à la salle d'entraînement.

Ce que je découvre en entrant me coupe le souffle. Sous son haut plafond, la pièce, illuminée d'une chaude lumière dorée, est bourdonnante et pleine de monde. Les élèves sont assis, rangée après rangée, sur des petits coussins ronds disposés par terre. Certains sont beaucoup plus âgés que nous et paraissent calmes et sérieux, avec leur ceinture marron foncé qui montre leur niveau avancé. D'autres, bien plus jeunes, la mine ouverte et bienveillante, arborent une ceinture blanche.

Sagement alignés le long des murs de la salle, ils bavardent à voix basse. Une poignée de jeunes maîtres en veste et *hakama* noirs est disséminée parmi eux.

J'aperçois Ken-ichi et ses deux amis. Quand il me voit, il affiche une expression étonnée qui se mue en rictus moqueur dès qu'il remarque mon uniforme bleu de serviteur et le plateau laqué de noir que j'ai dans les mains.

Décidant de l'ignorer, je m'avance à la suite de Ko et d'Hana. Je ne peux pas me soucier de Ken-ichi, parce que mon rôle de serviteur accapare toute mon attention. J'essaie de me rappeler comment faisaient les bonnes, chez moi, pour être presque invisibles ; elles se déplaçaient sans bruit, discrètement dans la propriété, en veillant à nous rendre la vie plus facile et agréable.

Choji lève les mains en guise de signal. Mon cœur se met à battre la chamade parce que je ne sais pas ce qu'il veut dire, et j'échange un regard nerveux avec Hana. Est-ce qu'on va déjà se trahir ? Mais les autres serviteurs se mettent à évoluer parmi les élèves et les jeunes maîtres, en s'agenouillant pour servir le thé. Aussitôt, Hana et moi nous hâtons de les imiter.

Quelques élèves jettent des regards excités vers l'estrade, à l'autre bout de la salle. Peu après, Maître Goku fait son entrée et y prend place. Il est encore plus impressionnant que lorsque je l'ai vu pour la première fois, aux portes de l'école, et l'atmosphère devient plus trépidante une fois qu'il est arrivé.

Il salue ses élèves, faisant onduler son manteau de cérémonie. Il porte un long kimono bleu, dont la soie chatoyante évoque l'eau d'un torrent, sous un manteau vert très foncé aux épaulettes sophistiquées. Ses longs cheveux gris ont été lissés, nattés puis enroulés sur le haut de sa tête; mon père était coiffé de la même façon pour se rendre au *bakufu* de Kamakura ou à la cour impériale, à Kyoto. Maître Goku porte sur le flanc gauche deux épées décorées qui indiquent son statut de maître et de samouraï.

– C'est un honneur de vous souhaiter la bienvenue à la cérémonie qui ouvre le *kenshu*, notre période d'entraînement intensif, commence-t-il.

Sa voix grave est douce, presque musicale, mais elle porte facilement jusqu'aux coins les plus reculés de la grande salle.

– Les élèves les plus âgés parmi vous sont sans doute surpris de me voir seul sur cette estrade. En effet, la coutume veut que notre grand seigneur intendant, le jito, ouvre notre cérémonie. Mais malheureusement, le seigneur Yoshijiro ne pourra pas se joindre à nous ce soir...

Quand j'entends le nom de mon père, mon cœur fait un bond dans ma poitrine et je manque renverser le thé que je suis en train de servir.

En inspirant profondément pour me calmer, je m'accroupis de nouveau et cherche Hana du regard dans la salle. Elle est debout, tétanisée, à quelques pas de moi, et tient son plateau laqué devant elle avec raideur. Elle fixe Maître Goku telle une statue inanimée.

Je me lève et la rejoins en vitesse, en marchant sans bruit afin de ne pas attirer l'attention. J'indique son plateau d'un mouvement insistant du menton, puis je m'agenouille lentement et délibérément pour servir le thé à l'élève le plus proche.

Hana semble se ressaisir. Elle avance silencieusement dans la rangée, s'agenouille et se remet à servir le thé comme avant.

Maître Goku parle toujours. J'essaie de me concentrer sur ce qu'il dit pendant que je poursuis ma tâche.

– Hier matin, j'ai reçu un message m'expliquant que le seigneur Yoshijiro ne pourrait pas assister à notre cérémonie, continue-t-il. Une urgence l'a contraint à se rendre dans une autre partie de la province et il ne sera pas rentré à temps pour la cérémonie de ce soir.

Hier matin ? Il a reçu un message hier matin ? Je comprends avec horreur que c'est mon oncle qui a dû annuler pour mon père... *avant* le meurtre d'hier soir !

Un frisson glacé me serre le cœur à l'idée des manigances que mon oncle a complotées de sang-froid. J'essaie de me rappeler s'il y a eu le moindre changement chez lui, le moindre indice de sa trahison à venir. Il a toujours semblé si proche de mon père, et pourtant il devait nourrir un profond ressentiment à son égard pendant tout ce temps. Plus que du ressentiment : de la haine ! Oncle Hidehira... Comment est-ce possible ? Je me remémore avec désespoir son rire, ses nombreuses attentions, sa façon si affectueuse de me pincer la joue.

Une autre facette de mon oncle me revient soudain en mémoire. Par exemple le jour où il s'est mis en colère contre Ken-ichi, qui avait cassé un bol à thé sans le faire exprès, ou la fois où je l'ai vu fouetter un serviteur qui lui avait manqué de respect.

Depuis combien de temps prévoyait-il d'assassiner ma famille ?

– J'ai envoyé à mon tour un messager auprès du jito pour l'inviter à nous rendre visite à son retour, poursuit Maître Goku. Je suis sûr qu'il viendra très bientôt ici, au dojo, pour voir les progrès de ses fidèles élèves samouraïs.

Il est clair que Maître Goku n'est pas au courant de la mort de papa. Je déglutis avec peine en me demandant quelle information le messager va rapporter au dojo. Quels sont les plans d'oncle Hidehira ? Il ne pourra sans doute pas cacher les bâtiments réduits en cendres de la résidence du jito. Que va-t-il dire à Maître Goku ?

– Le seigneur Yoshijiro nous adresse ses meilleurs vœux et nous promet un avenir radieux, ajoute Maître Goku. Et c'est en effet l'avenir qui nous occupe ce soir.

« *L'avenir* ? » me dis-je avec amertume en lisant entre les lignes du message que mon oncle a adressé à Maître Goku. L'avenir, c'est oncle Hidehira dans la fonction de jito !

Maître Goku fait onduler son manteau en s'approchant d'un pas du bord de l'estrade.

– Comme beaucoup d'entre vous le savent, nous allons entamer un nouveau programme d'entraînement. Ce *kenshu* intensif s'achèvera comme d'habitude avec le tournoi annuel, au premier jour de la période de *Seimei*, lorsque le temps se dégage et que le soleil revient, dans plus de quarante jours.

À la mention du tournoi annuel, l'ambiance devient trépidante dans la salle. Les garçons s'agitent et se donnent des coups de coude.

– Pour ceux d'entre vous qui ne le savent pas, précise le maître, le tournoi est un grand événement dans le calendrier de l'école. Chaque année, nous ouvrons les portes du dojo et on vient des quatre coins de la province pour regarder les élèves de tous les niveaux, quelle que soit leur expérience, se mesurer les uns aux autres. Des fils de nobles aux serviteurs, tout le monde peut participer.

Je croise Hana au milieu d'une rangée d'élèves et elle hausse les sourcils comme pour dire : « Tout le monde peut participer... donc nous aussi ! ». Mais je secoue la tête. Il faut qu'on évite de se faire remarquer, qu'on veille à rester cachées. Avec un peu de chance, les hommes d'oncle Hidehira abandonneront bientôt les recherches. J'ignore combien de temps il nous sera possible de rester au dojo, mais je sais que je ne peux rien faire qui risque d'attirer l'attention sur nous.

Sur l'estrade, Maître Goku explique le déroulement du tournoi.

– À la fin de la journée, un des élèves aura gagné : ce sera notre champion. Et nous l'honorerons, car il aura prouvé qu'il est l'élève le plus doué du dojo et mérite le titre de samouraï.

Une volée d'applaudissements et d'acclamations s'élève. Maître Goku sourit.

– Je dois toutefois vous rappeler à tous que le tournoi n'est pas une question de gloire. C'est une question d'honneur, de courage et d'autodiscipline. On ne naît pas champion, on le devient... et chaque élève de cette école a le potentiel d'être notre champion.

Je m'agenouille pour servir Ken-ichi et ses deux amis, en retenant ma manche en arrière et en versant le thé avec autant de grâce que possible.

Ken-ichi me regarde avec un rictus.

– Tu as bien dit que tu ne te mettais à genoux devant personne, face de riz ? siffle-t-il. C'est bien ce que tu as dit juste avant que je te batte, non ?

Je rougis de rage mais, en me rappelant que Goku a dit à Ken-ichi qu'il faut contrôler son orgueil, je ne réagis pas. Décidée à appliquer le conseil du maître, je termine de servir Ken-ichi et je passe au suivant.

Une fois que tout le monde a eu du thé, je retourne auprès de Choji, avec Hana et Ko. Nous attendons en silence nos prochaines consignes.

Tout en parlant, Maître Goku balaie la salle du regard, paraissant remarquer chaque visage.

– Si vous êtes ici, tous autant que vous êtes, c'est parce que vous avez été choisis, dit-il. J'ai regardé chacun de vous se battre et je vous ai sélectionnés parce que vous possédez tous une grande force intérieure. Et je suis convaincu que chacun d'entre vous peut être un champion. Travaillez dur. Restez concentrés. Laissez brûler en vous la détermination et la passion, et vous serez récompensés par le succès.

Un frisson d'excitation passe parmi les élèves. Des airs farouchement déterminés se lisent sur le visage des garçons les plus âgés, tandis que, parmi les plus jeunes, certains se mettent à chuchoter entre eux avec animation. Je vois Ken-ichi échanger un coup d'œil avec un de ses amis. Un sourire supérieur soulève le coin des lèvres de mon cousin, comme s'il avait la certitude que ce serait lui, le champion. Je serre les dents, espérant de tout mon cœur que Ken-ichi n'y parvienne pas. Sinon, sa vanité et son arrogance seront insupportables !

Les élèves bavardent toujours. Voyant que le niveau sonore augmente dans la salle, Maître Goku sourit et lève les mains pour réclamer le silence.

– Assez parlé ! s'écrie-t-il. Il est temps de voir de l'action. Je déclare le *kenshu* ouvert... Que les démonstrations commencent !

Aussitôt, la salle se met à vibrer quand deux jeunes guerriers en tenue de combat intégrale bondissent sur le tapis d'entraînement placé au centre. L'un des garçons est un petit trapu au visage rond comme une citrouille, et l'autre a des sourcils broussailleux qui me font penser à des chenilles. Tous deux s'inclinent devant Maître Goku, sur son estrade, puis se saluent entre eux, le visage impassible. Et brusquement, ils passent à l'action ; les bras en position de défense, ils déplient les jambes pour frapper haut. Je vois qu'ils sont doués tous les deux et je me surprends à étudier leurs mouvements avec soin, dans l'espoir d'en tirer le maximum d'enseignements.

Après plusieurs minutes de combat, il est clair que le garçon aux sourcils broussailleux est le vainqueur. Une clameur monte parmi les élèves rassemblés quand il salue et écoute les quelques mots d'éloge de Maître Goku.

Quand Choji nous chuchote de nouvelles instructions, Hana et moi gagnons hâtivement le centre de la salle pour essuyer les lattes de parquet qui ont pu être éraflées pendant le combat. Ensuite, nous rejoignons vite l'intendant pour attendre la démonstration suivante.

Deux combattants arrivent avec des *jo*. Leur affrontement au moyen de ces longues perches en bois rectilignes est élégant, mais d'une férocité mortelle qui me coupe le souffle. Quand ils ont terminé, quatre des plus jeunes élèves viennent au milieu et présentent les douze mouvements des *kata*. Leurs petits visages tendus par la concentration, ils évoluent lentement, avec grâce, en s'appliquant beaucoup pour satisfaire le maître. À la fin de leur prestation, ils se placent en rang, bien alignés, et s'inclinent profondément, en rosissant de plaisir quand les applaudissements éclatent.

– Il y a besoin de vous pour la démonstration suivante, murmure Choji à ma sœur et moi. Installez la cible de tir à l'arc !

Et il désigne le mur du fond.

Nous venons tout juste de regagner nos places, en bordure de la salle, quand Hana me donne un coup de coude. Un élève se fraie un chemin parmi la foule. Je le reconnais : c'est le garçon qui s'entraînait seul dans la cour quand nous sommes arrivées au dojo. Il a le visage rayonnant et l'air joyeux, et je devine qu'il a environ mon âge. Il s'avance d'un pas assuré sur le tapis, un grand arc élégant à la main.

J'entends Ken-ichi ricaner en prononçant le nom du garçon, juste assez fort pour que l'autre l'entende :

– Tatsuya ? Pourquoi ce paysan fait-il une démonstration ?

Tatsuya rougit, mais ignore la provocation. Il prend place face à la cible, s'incline devant Maître Goku et encoche une flèche à son arc. Tout le monde fait silence quand il vise la cible, les yeux plissés. Puis il se détourne et part tout au fond de la salle.

Lentement, Tatsuya hausse son arc jusqu'à ce que la flèche soit à la hauteur de son nez. Le coude levé, il tend la corde et vise. L'arc se courbe avec souplesse vers l'arrière. Soudain, Tatsuya lâche sa flèche. Elle fend l'air, fonçant droit vers l'objectif, et perce le cœur de la cible.

Avant même que la première flèche soit arrivée, ou presque, Tatsuya en décoche une deuxième, puis une troisième. La deuxième flèche fend la première en plein milieu de la hampe pour se ficher au même endroit, au cœur de la cible. La troisième fend la deuxième, de sorte que trois flèches sont fichées dans le même trou.

J'inspire vivement, impressionnée. Tatsuya fait un signe à Hana, qui se lève d'un bond. Il désigne un grand paravent de papier fin appuyé contre le mur, près de la cible.

– Veux-tu approcher ça, s'il te plaît ? lui demande-t-il avec un gentil sourire. Place-le de façon que je ne voie pas la cible.

Hana fait ce qu'il demande et tous deux se saluent d'une courbette avant qu'elle regagne sa place à côté de moi.

Tatsuya, toujours impassible, scrute le paravent de papier d'un regard indéchiffrable. Puis il place une quatrième flèche sur son arc, vise et tire...

La flèche siffle en volant dans les airs, perce un trou bien net dans le paravent et heurte la cible avec un bruit sourd.

Un grand silence règne dans la salle quand Hana file retirer le paravent. Aussitôt, tout le monde peut voir que Tatsuya a fendu les trois premières flèches avec la quatrième – et touché le cœur de la cible avec une précision invraisemblable.

Des applaudissements déchaînés éclatent et, parmi les plus jeunes élèves, certains crient des encouragements. Je remarque que Ken-ichi n'applaudit pas, lui ; il fronce les sourcils, le visage est figé dans une grimace. De toute évidence, il est jaloux de Tatsuya.

Maître Goku sourit.

– Une parfaite démonstration de tout ce qu'on peut obtenir avec de l'autodiscipline, de la ténacité et de longues heures d'entraînement. Malgré tes humbles origines, Tatsuya, tu as l'étoffe d'un guerrier de toute première catégorie.

À voir la tête de Ken-ichi, on pourrait croire qu'il a bu un tonneau entier de jus de citron. Choji nous fait signe de revenir et, pendant qu'on se faufile parmi les rangées d'élèves, Hana et moi, Ken-ichi surprend mon regard et redresse le menton.

Quand j'arrive à sa hauteur, il détend brusquement la jambe devant mes chevilles.

Il a agi si vite que je n'ai pas le temps de l'éviter. Je m'abats comme un arbre coupé, les bras en croix. Je me cogne contre un autre élève et je lui renverse son bol de thé sur les genoux.

L'élève se lève d'un bond.

– Attention ! crie-t-il avec colère. Imbécile maladroit !

Dans la salle, tout le monde se tourne vers nous pour voir ce qui a causé cet éclat. Maître Goku fronce les sourcils et une ombre passe sur son visage habituellement paisible. Je me relève tant bien que mal et Choji, l'air furieux, se précipite vers moi.

– Je suis vraiment désolée, lui dis-je, les dents serrées. C'était un accident.

Je m'en veux terriblement d'avoir oublié l'avertissement de Ko sur la manie qu'a Ken-ichi de faire des croche-pieds aux serviteurs. Moi qui étais décidée à ne pas attirer l'attention sur moi... Je viens de tout gâcher.

– Accident ou pas, tu vas présenter tes excuses à cet élève, m'ordonne Choji d'un ton sec.

Je m'incline profondément.

– Mes excuses les plus humbles, dis-je avec sincérité.

L'élève s'incline brièvement et Choji m'entraîne au bord du tapis.

– Tu dois faire plus attention, Kagenashi, souffle-t-il d'une voix sévère. Nous ne devons jamais déranger les élèves pendant qu'ils étudient. Tu comprends ?

– Oui, Choji, dis-je piteusement.

Pendant qu'il me toise d'un regard dur, je prie en silence pour que sa bonté le retienne de me renvoyer du dojo.

– Ne recommence pas ce genre de maladresses, conclut-il finalement.

– Non, Choji.

Je m'incline.

Quand l'intendant s'éloigne de moi, j'aperçois Ken-ichi. Il a l'air si content de lui que je dois faire d'énormes efforts pour me retenir de lui sauter dessus et de lui faire ravaler son rictus à coups de poing.

CHAPITRE 9

Après les démonstrations, la cérémonie continue avec un banquet. Choji lance un ordre bref, et Hana et les autres serviteurs se hâtent d'apporter de longues tables basses.

Je jette un coup d'œil à l'intendant et il me fait un bref signe de tête.

– Toi aussi. Mais fais attention. Je t'ai à l'œil.

Nous mettons les tables en place, puis servons les plats. Les élèves s'approchent, se mettent à genoux et prennent avidement des boules de riz gluant, des rouleaux d'algues et des assiettes de poisson croustillant, grillé sur une plaque chaude.

Je remarque que mon cousin est installé à côté de Tatsuya, qui a posé son arc sur ses genoux. Ils discutent à voix basse, leurs têtes brunes rapprochées l'une de l'autre.

En servant du riz et du poisson à une table voisine, je tends l'oreille pour entendre ce que dit Ken-ichi.

– ... et la cérémonie exige aussi qu'on ne se serve jamais de nos baguettes *hashi* pour montrer quelque chose ou pour partager à manger avec un autre élève, souffle-t-il. Employer ses *hashi* comme ça, ce serait très grossier.

– Merci, Ken-ichi, répond Tatsuya. Je te suis reconnaissant de prendre le temps de m'apprendre ces choses-là. C'est très difficile de se rappeler toutes les règles, et j'ai terriblement peur d'offenser Maître Goku d'une façon ou d'une autre.

– Je suppose que tu ne sais rien de l'étiquette et tout ce genre de choses, vu que tu as grandi dans les rizières, fait remarquer Ken-ichi.

Je lui jette un vif coup d'œil, mais son visage n'exprime aucune malice. Il a l'air sérieux et soucieux d'aider son camarade, comme s'il essayait vraiment d'être gentil. Tatsuya semble s'y laisser prendre, bien que Ken-ichi se soit moqué de lui tout à l'heure, mais moi, je me méfie de mon cousin. Il manigance quelque chose... mais quoi ?

Je décide de le tenir à l'œil tout en exécutant mes tâches. J'apporte des plateaux et des bols aux jeunes maîtres, je ressers du thé, je vais et viens avec empressement entre les cuisines et la grande salle. Mais Ken-ichi continue à se montrer amical et attentif avec Tatsuya. J'entends même celui-ci dire :

– Tu es un véritable ami, Ken-ichi. En venant dans cette école, je me suis rendu compte que j'ignore presque tout des règles de la société.

– Tu apprendras, répond Ken-ichi avec un sourire décontracté. Contente-toi de rester à mes côtés, et tout ira bien.

Je voudrais intervenir, prévenir Tatsuya que c'est un mensonge. Mais je sens le regard de l'intendant sur moi et je sais que je ne peux pas courir le risque de m'attirer des ennuis pour avoir dérangé les élèves une fois de plus.

La cérémonie et le banquet durent depuis si longtemps que certaines lanternes se sont éteintes. La salle bourdonne de conversations et des lucioles dansent autour des élèves et des maîtres occupés à bavarder. Choji tend à chaque serviteur un grand éventail en bambou et nous dit de prendre place parmi les élèves. Nous devons brasser l'air au-dessus de leur tête pour les rafraîchir pendant qu'ils se détendent après le festin.

Je glisse un mot à Hana, et nous gagnons ensemble la table de Ken-ichi. Je suis décidée à être là pour intervenir si mon cousin passe à l'attaque.

Enfin, Maître Goku lève une main pour réclamer le silence. Il est toujours assis dans une posture solennelle sur un tatami, en haut de l'estrade. Deux jeunes maîtres l'ont rejoint pendant le banquet.

– Nous sommes rassemblés ici en tant qu'élèves, professeurs et amis, dit-il. Nous avons vu des superbes démonstrations de combats et d'enchaînements, témoignant de capacités qui paraissent presque magiques. Mais rappelez-vous qu'en chacun de vous bat un cœur de guerrier. En fait de magie, il s'agit simplement d'entraînement et de discipline.

Il affiche un sourire serein et baisse la tête.

– Et maintenant… je vais vous souhaiter une bonne nuit.

Je remarque que Ken-ichi murmure quelque chose à Tatsuya, mais je n'entends pas ce qu'il dit. Là-dessus, Tatsuya entreprend de se lever.

Mon cœur manque cesser de battre. Lors d'une cérémonie aussi codifiée, se lever avant le maître serait considéré comme un grave manque d'éducation. Maître Goku se sentirait insulté – et Tatsuya se couvrirait de honte. Je cherche vainement comment l'arrêter, quand Hana me donne un coup de coude et me fait signe de taper du pied.

Comprenant vite ce qu'elle veut dire, je pose le pied exprès sur le dos du kimono de Tatsuya pour l'empêcher de se lever. Il chancelle et se retourne avec irritation pour nous fusiller du regard, Hana et moi. Je pose un doigt sur mes lèvres et je secoue la tête, tâchant de le mettre en garde avec les yeux. J'espère que Choji n'a rien remarqué.

Maintenant, sur l'estrade, Maître Goku est debout. Tatsuya se retourne juste à temps pour voir le maître faire un signe à l'assistance, les mains écartées et les paumes vers le ciel. Je lâche son kimono.

En un clin d'œil, chaque élève et chaque maître de la salle est sur ses pieds, y compris Tatsuya. Il lance un regard accusateur à Ken-ichi quand il comprend ce qui a failli se passer. Mais le sourire cruel de mon cousin n'exprime aucun remords.

Alors que Tatsuya se tourne à demi vers moi pour me remercier d'un salut presque imperceptible, Ken-ichi me jette un vif coup d'œil, mais j'évite son regard.

Tout autour de nous, les élèves s'écartent pour ouvrir le passage à Maître Goku, qui descend de l'estrade et se dirige d'un pas majestueux vers la porte. Quand il arrive à ma hauteur, ses yeux sombres passent sur mon visage et il me considère pendant un bref instant. Il semble intrigué ; a-t-il remarqué ce que j'ai fait ?

Mais le moment est déjà passé. Maître Goku quitte la salle et disparaît dans la nuit. Je respire.

– Active-toi, l'esclave ! lance sèchement Ken-ichi en me fusillant du regard.

Je devine qu'il sait que c'est à cause de moi que sa ruse pour duper Tatsuya a échoué.

– Tu n'es pas censé arrêter de nous éventer tant que la salle n'est pas vide !

En temps normal, je me serais fâchée, mais là, je sais que j'ai remporté une victoire contre lui. Je lui fais un sourire mielleux et je m'incline profondément.

Ken-ichi écume de rage. Il sort en me bousculant durement de l'épaule, ses amis sur les talons.

Plus tard, une fois de retour dans notre chambre, ma sœur et moi nous discutons à voix basse des événements de la soirée en nous préparant à nous coucher.

– Ken-ichi est encore pire que ce que je pensais, commente Hana en détachant son chignon et en se peignant avec les doigts. Je suis tellement contente que tu aies empêché Tatsuya de se couvrir de honte !

– Moi aussi. Il a l'air gentil. Et je n'avais jamais vu quelqu'un se servir d'un arc avec une telle précision !

– Quant à Maître Goku... ajoute Hana, l'air incrédule. Je n'avais jamais vu quelqu'un d'aussi avisé. Il savait que tu avais aidé Tatsuya !

– Rien ne lui échappe, pas vrai ? Il va falloir faire très attention quand il est dans les parages. S'il découvre qu'on lui a menti... qu'on n'est pas ceux qu'on prétend être...

Hana se trouble. Je reprends avec assurance :

– Ne t'inquiète pas.

Nous déroulons nos matelas et nous mettons au lit, en étalant sur nous notre fine couverture et celle que Choji nous a proposée en plus. Dans mon état de fatigue, je remarque à peine que ce ne sont pas les édredons moelleux doublés de soie dont je bénéficiais à la maison.

– Nous avons convaincu tout le monde que nous sommes des garçons. Maintenant, il ne nous reste plus qu'à oublier que nous sommes des filles. Comme ça, nous ne ferons pas de gaffes et tout se passera bien.

Hana semble se laisser convaincre. Épuisée par les événements de ces deux derniers jours, elle ne tarde pas à s'endormir. Moi, je reste éveillée plus longtemps. Il y a une petite fente entre les murs de papier ; les bras repliés sous la tête, je regarde pendant un moment des nuages déchiquetés passer devant la lune.

Ça ne fait qu'une journée qu'on nous a arraché notre père et nos frères. Ainsi que notre foyer. Ma sœur et moi, nous avons tué un homme – un samouraï ! Et maintenant, nous sommes déguisées en garçons et nous travaillons comme domestiques dans une école de samouraïs, sous le regard vigilant de Maître Goku. Nous sommes en sécurité, pour le moment. Je prie pour que maman et Moriyasu aussi soient à l'abri jusqu'à ce qu'on puisse tous être réunis.

Juste avant de sombrer dans un sommeil agité, je me promets de faire tout ce qui sera en mon pouvoir pour que Maître Goku soit content de moi, afin qu'il m'enseigne l'art du samouraï.

Quand je serai devenue un guerrier, mon oncle ne pourra plus jamais faire de mal à ma famille.

Le lendemain matin, Hana et moi nous levons avant l'aube, réveillées par un coup sec sur l'encadrement de la porte et par la voix de Choji.

– Venez, les gringalets ! s'écrie-t-il. Il y a du travail qui vous attend à la cuisine.

En enfilant notre veste et notre pantalon, je marmonne à l'intention d'Hana :

– Je n'ai pratiquement pas fermé l'œil. Et j'ai mal partout à cause de notre combat d'hier contre Maître Goku.

– Il y a eu aussi toutes nos allées et venues pour faire le service, ajoute ma sœur. Et puis les matelas sont tellement fins ! Je donnerais n'importe quoi pour retrouver le délicieux futon que j'avais à la maison, couvert d'un tas d'édredons de plume moelleux !

Nous gagnons vite les cuisines, où nous découvrons que notre première mission de la journée est d'aider Ko et Choji à servir le petit déjeuner aux élèves et aux maîtres. Quand ils ont tous mangé et filé en cours, Choji nous fourre des bols de riz parfumé dans les mains.

– Mangez. Ensuite, ce sera le moment de faire le ménage dans les chambres.

Une fois vidés, Ko débarrasse les bols et Choji m'ordonne de faire du thé pour tout le monde. J'acquiesce et je me hâte de suspendre la grande casserole au-dessus du poêle à charbon rougeoyant, à l'autre bout de la cuisine. Le thé, j'en ai fait bien souvent pour mon père et ma mère. Cette fois, je suis sûre de moi. J'ôte avec une certaine allégresse le couvercle d'une grande théière noire.

– Voilà le thé, dit Ko en me donnant une boîte en bambou qu'il a eu la gentillesse de descendre d'une étagère haut placée.

– Merci.

Je verse des paquets de feuilles vertes dans la théière, en essayant de calculer combien de cuillères je vais devoir mettre pour tout ce monde. Il y a dix serviteurs, plus Choji, Hana et moi...

Ko m'attrape le poignet.

– Qu'est-ce que tu fais ? Tu mets beaucoup trop de thé !

Il regarde un instant le contenu de la théière, puis lève vers moi des yeux stupéfaits.

– Il n'y a que l'empereur en personne qui aurait les moyens d'en mettre autant !

Je me fige, paniquée.

– Je... Je...

J'avale péniblement ma salive, l'esprit vide. *Réfléchis, Kimi !* Finalement, je bafouille :

– Notre dernier maître était plutôt fortuné.

– Fortuné ! répète Ko en me regardant bizarrement. Votre dernier maître devait carrément être le jito ! Nous autres, le commun des mortels, on ne peut se permettre qu'une seule cuillerée de thé.

Je me mords la lèvre en comprenant à quel point la vie est différente, ici. Une cuillerée pour tant de gens ? Je commence à voir à quel point nous étions privilégiées, Hana et moi.

Heureusement, les autres n'ont rien remarqué, semble-t-il, et le reste du repas se déroule sans incident. Bientôt, Hana et moi partons faire le ménage dans les chambres des élèves, armées de balais et de chiffons à poussière.

La première chambre qu'on nous a confiée est celle de Ken-ichi. Il est toujours là, en train de fouiller dans un tas de kimonos jetés par terre en quête de son *bokken*. Quand il nous voit, il nous lance un regard mauvais et donne un coup de pied dans un bol de soupe au tofu à moitié plein. Le liquide marron coule sur le sol et commence à mouiller un des draps du lit.

– Nettoie-moi ça, face de riz ! crache-t-il d'un ton hargneux. Je veux que ma chambre soit impeccable quand je reviendrai. Sinon, je me plaindrai à Maître Goku. Il t'a vu renverser du thé sur les genoux d'un élève, hier soir, alors il pense déjà que tu es maladroit. Quand je lui aurai dit que tu as renversé de la soupe dans ma chambre, je te garantis que tu te feras renvoyer du dojo avant midi.

Là-dessus, Ken-ichi s'empare de son *bokken* et sort dans le couloir sans se départir de son air important.

En le regardant s'éloigner, Hana hausse les épaules puis se met à genoux pour nettoyer les dégâts.

– Je vais m'en occuper, dis-je. C'est moi qu'il déteste, pas toi.

– Nous allons le faire toutes les deux, répond vivement Hana. C'est mon cousin à moi aussi.

La soupe essuyée, nous attaquons le reste de la chambre – on ouvre les volets et on secoue le matelas comme on a vu nos serviteurs le faire, à la maison. Je bataille avec un des kimonos qui traînent par terre, essayant de me rappeler comment les miens étaient pliés. Est-ce que les manches étaient rabattues vers l'intérieur, ou dans le dos... ? Au bout d'un moment, il me paraît enfin comme il faut, et je peux ranger tous les kimonos proprement dans un placard.

– Tu te souviens qu'on jouait avec les bonnes pendant qu'elles faisaient le ménage ? me demande Hana en passant une serpillière humide sur le plancher.

J'acquiesce.

– Oui, et je m'en réjouis, dis-je en tendant une perche en bambou feuillue pour décrocher de fines toiles d'araignée des coins du plafond. Sinon nous n'aurions aucune idée de ce qu'il faut faire maintenant.

On termine enfin.

– J'espère que les chambres ne nous prendront pas toutes aussi longtemps, je marmonne.

La suivante est si propre qu'au début je la prends pour une chambre inoccupée. Puis je vois un élève assis en *seiza*, la tête basse et les yeux fermés. C'est Tatsuya, et il est en train de méditer.

Mortifiée d'avoir failli le déranger, je bats en retraite, mais je me cogne contre Hana, qui proteste, et Tatsuya ouvre vivement les yeux. Il nous dévisage avec surprise.

– Toutes mes excuses, dis-je en m'inclinant profondément. Je ne savais pas que certains élèves étaient dans leur chambre.

– Je vous en prie, entrez.

Avec un sourire chaleureux, Tatsuya se lève et nous fait signe de venir dans sa chambre. Son kimono marron est noué avec une ceinture blanche et son pantalon noir s'arrête juste au-dessous du genou.

– J'espérais te voir aujourd'hui.

– Tu... vraiment ?

– Je voulais te remercier pour ce que tu as fait pendant le banquet, hier soir.

Il parle lentement, d'une voix hachée ; manifestement, il n'a pas l'habitude de s'exprimer d'une manière aussi formelle.

– Si tu n'avais pas marché sur le dos de mon kimono, je me serais levé avant le maître et je me serais couvert de honte.

– C'est Ha...

Je me rattrape juste à temps.

– C'est pas moi, c'est mon frère qui t'a sauvé, je termine, même si je bute légèrement sur le mot « frère », en tirant Hana devant moi. Il a remarqué ce qui se passait et m'a donné un coup de coude. N'importe qui aurait fait la même chose à ma place.

– Alors j'ai une dette envers vous deux.

Tatsuya nous salue très bas.

– Si je peux faire quelque chose pour vous... vous n'avez qu'à demander.

Nous nous inclinons et reprenons notre ménage. Tatsuya ramasse son arc et tend la corde avec des gestes rapides et assurés qui me rappellent sa démonstration de la veille. Son adresse et sa précision, me donnent une idée. Je commence avec hésitation :

– Tatsuya... Il y a peut-être une chose que tu pourrais faire pour nous...

Il lève les yeux vers moi et sourit.

– Laquelle ?

– Accepterais-tu...

J'hésite à nouveau, craignant qu'il rejette ma demande. Après tout, c'est un élève, alors qu'Hana et moi ne sommes que d'humbles serviteurs. Mais le sourire de Tatsuya et son regard pétillant et chaleureux m'encouragent.

– Mon frère et moi, nous aimerions nous former aux arts martiaux, en plus de notre travail de serviteurs. Ce serait tellement enrichissant pour nous de pouvoir nous exercer avec un élève aussi doué que toi. Accepterais-tu de faire des combats amicaux avec nous de temps en temps ?

– Avec joie, dit-il en raccrochant son arc au mur, à côté d'un *jo*. Je suis toujours partant pour des séances d'entraînement supplémentaires.

Il jette un coup d'œil à Hana, puis se tourne de nouveau vers moi.

– Comment vous appelez-vous ?

– Moi, c'est Otonashi, dit Hana.

– Et moi, Kagenashi, j'ajoute.

– Très bien, mes amis. Pour ce qui est des combats amicaux, mon père disait toujours qu'il n'y a pas de meilleur moment que le présent !

Il décroche vivement son *jo* du mur et le fait tournoyer avec grâce.

J'ai à peine levé mon balai qu'il attaque, me prenant par surprise. Mais je dévie son *jo* avec le manche de mon arme improvisée et je pivote. On commence à se tourner autour, guettant le prochain coup. Le manche de mon balai mesure à peu près la même longueur que le *jo* de Tatsuya, et j'espère qu'il se révélera aussi solide.

Sans me lâcher des yeux, Tatsuya lance soudain une attaque de côté contre Hana. Elle se baisse vivement et fonce derrière lui, en essayant d'attraper une extrémité de son *jo* avec son chiffon à poussière, qu'elle enroule autour et tire vers elle. Le moindre de ses mouvements est gracieux.

Nous évoluons tous les trois dans la pièce, en évitant le matelas. Le bruit des perches en bois qui s'entrechoquent résonne autour de nous.

Bientôt, je suis essoufflée et Tatsuya est en sueur.

– Vous êtes tous les deux très bons, déclare-t-il. La prochaine fois, je saurai qu'il vaut mieux vous prendre un par un !

Je souris et je trace un grand arc avec mon balai, bloquant son arme pendant un moment. Tatsuya se dégage et lève son *jo* pour frapper par au-dessus. D'une pirouette, je me mets hors de sa portée, me retrouvant face à la porte ouverte...

Et là, je me fige.

Nous étions observés... par Maître Goku !

CHAPITRE 10

Je remets aussitôt mon balai dans le bon sens. À côté de moi, Tatsuya prend vite une posture d'entraînement, faisant mine de répéter un *kata*, pendant qu'Hana tombe à genoux et entreprend de frotter une tache invisible sur le plancher.

Mais on ne fait pas illusion une seconde sur Maître Goku. Il avance d'un pas dans la chambre et prend délicatement mon balai.

– Tes mouvements sont prometteurs, dit-il. Mais peut-être me permettras-tu de te montrer une technique plus correcte ?

Je le regarde furtivement par en dessous et je vois que ses yeux pétillent, pleins de bonté. Il retourne le bout de bois et me montre comment le tenir fermement des deux mains.

– Vous devez veiller à ce que l'arme reste fixe, nous dit-il à tous les trois. Et vous en servir pour dominer votre adversaire. Tatsuya, attaque-moi.

Sans hésiter, Tatsuya s'apprête à frapper Goku par le haut. Goku lève le balai pour protéger sa tête et, dans le même mouvement, enroule le long bâton autour de celui de Tatsuya. Puis il abaisse son arme en dessinant une étroite spirale, se met à genoux et bloque le *jo* de Tatsuya au sol.

– Merci, Sensei, dis-je humblement – et je le salue tandis qu'il me rend le balai. Je m'en souviendrai.

Maître Goku nous examine d'un air songeur, Hana et moi.

– Je vous ai observés pendant la cérémonie du *kenshu*, hier. Et ce que j'ai vu m'a plu. Aimeriez-vous assister à une heure d'étude dans la salle des rouleaux en fin de matinée ?

Avec ma sœur, nous échangeons des regards ébahis.

– Nous en serions honorés ! je m'exclame.

– Vous avez gagné le droit d'y aller, dit Maître Goku d'un ton dégagé.

Avec un petit signe de tête, il quitte la pièce. Je me demande ce qu'il a voulu dire. Qu'est-ce qui a pu lui plaire dans ce qu'il a vu ? Notre travail de serviteurs ou ce qui s'est passé avec Tatsuya ?

Mais peu importe pourquoi il nous a choisies. Savoir qu'on a fait plaisir à Maître Goku nous suffit. Hana et moi, on va commencer notre formation avec un *véritable* maître. On va pouvoir progresser et développer nos capacités, et devenir assez fortes pour se venger de notre oncle.

Après que nous l'ayons remercié pour ce combat amical, Tatsuya part à son cours suivant, nous laissant finir le ménage. Pendant qu'on se hâte d'exécuter nos tâches, je pense à l'heure d'étude à laquelle nous assisterons tout à l'heure. Je suis contente que Goku nous ait invitées dans la salle des rouleaux, mais dans le secret de mon cœur, je rêve qu'il nous admette dans un de ses cours d'entraînement, où on pourra courir, sauter, faire des pirouettes et donner des coups de pied !

Quand Choji nous libère, nous filons par une galerie couverte qui mène à la salle des rouleaux. Les autres élèves sont déjà agenouillés devant les tables basses groupées au centre de la pièce ; leurs ceintures orange, vertes et bleues forment un kaléidoscope de couleurs. Ils copient un rouleau accroché au mur devant eux.

Lumineuse et aérée, cette pièce a la taille de dix ou douze tatamis. Les panneaux coulissants ont été ouverts sur un jardin luxuriant. Maître Goku, penché au-dessus de sa table, au milieu, étudie un long rouleau couvert de caractères *kanji* tracés à l'encre noire d'une écriture fluide.

À notre arrivée, il lève la tête.

– Venez vous installer, dit-il avec un sourire chaleureux. Il y a une table que vous pouvez partager, au fond. J'y ai posé des pinceaux et des rouleaux pour vous – ils ont beaucoup servi, mais ils peuvent encore être utiles, je pense.

Pendant qu'on gagne le fond de la salle, Maître Goku se tourne vers les autres élèves.

– Même si ces garçons portent un uniforme de serviteurs, vous les traiterez tous les deux avec humilité et respect. Pendant leur formation, tous les garçons sont égaux. Qu'il soit un élève ou un serviteur, chacun a quelque chose à apprendre... et quelque chose à apporter au groupe. Maintenant, continuez à copier, s'il vous plaît.

Les autres élèves reprennent leur travail pendant qu'on s'installe, Hana et moi. Ken-ichi occupe la table voisine de la nôtre. Je suis surprise de voir qu'il a l'air heureux et détendu, presque comme autrefois. Mais à cet instant, il lève la tête et croise mon regard. Aussitôt, ses épaules se crispent et il fait la grimace. Je détourne vite les yeux et je passe mon chemin.

Tatsuya est juste derrière Ken-ichi. On se sourit. Ma sœur et moi avons au moins un ami dans la pièce !

Hana s'agenouille devant la table et prend un pinceau avec enthousiasme. Je verse vite de l'eau sur le bloc d'encre séchée, que je tapote pour effectuer le mélange. Je choisis un autre pinceau, je le trempe dans l'eau noircie et je le passe sur le bloc pour le couvrir d'encre épaisse et charbonneuse. Comme l'a dit Maître Goku, les pinceaux ont beaucoup servi et la plupart des rouleaux sont déjà couverts de caractères *kanji* estompés.

« Peu importe. Mon encre noire toute fraîche se verra bien sur le gris délavé », me dis-je en commençant mon premier trait. Hana et moi avons de la chance que Maître Goku nous ait fourni le matériel qui nous manquait, j'en ai bien conscience. J'espère qu'un jour nous pourrons le remercier de sa gentillesse.

À côté de moi, le pinceau d'Hana descend avec grâce sur la feuille, comme de l'eau qui coule sur une pierre lisse. Quand elle a terminé son trait, elle décolle du papier la pointe de son pinceau, puis la repose pour exécuter un autre mouvement arrondi. Pendant qu'elle trace d'élégants *kanji* sur son rouleau, je note que son visage paraît tranquille pour la première fois depuis que nous avons fui notre maison. Elle semble être en paix.

Comparés à ceux d'Hana, mes *kanji* ont l'air maladroits et irréguliers. Je ne trouve pas mon rythme. En couvrant la feuille d'encre noire qui évoque les vagues d'une mer agitée, j'imagine ma mère debout à côté de moi en train de secouer la tête, déçue.

« Ah, Kimi, ma fille chérie, dirait-elle. Tu ressembles tellement à ton père ! C'est dommage que tu ne consacres pas autant d'efforts à l'écriture qu'au maniement de l'épée... »

Pendant un instant, je ressens si fortement sa présence que je crois sentir son parfum de fleur de cerisier. Puis je m'aperçois que ce n'est qu'un effluve d'encens qui est entré par l'ouverture entre les panneaux coulissants, porté par une brise légère. Ma gorge se serre et je cligne des yeux, tout en essayant de me concentrer pour appuyer juste comme il faut en traçant mes *kanji.*

Maître Goku se met à déambuler lentement dans la salle, s'arrêtant ici et là pour corriger la façon dont tel élève tient son pinceau ou donner un conseil sur la manière dont les caractères doivent être espacés sur les rouleaux.

– Vous vous demandez peut-être ce que l'écriture a de si crucial pour un samouraï, dit-il de sa voix calme et pleine d'autorité. L'importance de la lecture est évidente, bien sûr. Sinon, comment un homme pourrait-il lire les poèmes des maîtres et acquérir une meilleure compréhension de la voie que doit suivre un guerrier ? Et comment un guerrier pourrait-il remplir sa mission s'il ne pouvait pas lire les ordres de son général, qui se trouve parfois à l'autre bout du champ de bataille ?

Le maître s'immobilise à côté d'une des ouvertures dans les cloisons et balaie la salle d'un regard serein.

– Mais l'écriture... pourquoi l'écriture est-elle importante ? Un de nos élèves les plus âgés pourrait peut-être éclairer les nouveaux ?

Un ami de Ken-ichi lève la main. Maître Goku lui sourit.

– Vas-y, je t'en prie.

– L'année dernière, nous avons appris que l'écriture aide à développer sa force intérieure, dit le garçon. Les arts littéraires sont aussi importants que les arts martiaux pour les samouraïs.

– En effet, confirme Maître Goku en glissant les mains dans les larges manches de son kimono.

Il recommence à déambuler dans la pièce.

– Les arts littéraires et les arts martiaux sont comme les deux roues d'une charrette. Ils maintiennent tout en équilibre. Peux-tu nous parler un peu plus de la question, Ken-ichi ?

– Oui, Sensei, répond mon cousin. Vous nous avez appris que créer de la beauté par l'écriture apporte autant de sérénité et de paix intérieure que la contemplation d'une belle peinture ou d'un jardin bien dessiné.

Maître Goku sourit.

– Bravo, Ken-ichi. Un esprit serein triomphera d'un esprit agité, de même que les gestes précis l'emportent contre les gestes désordonnés.

Je me penche sur mon travail et j'essaie de trouver la paix intérieure pendant que je couvre mon rouleau de petits traits noirs. Maître Goku s'arrête quand il arrive devant notre table et regarde Hana réaliser une série de grands caractères majestueux qui me font penser à des saules pleureurs.

Elle se tourne vers lui une fois qu'elle a terminé, et il l'approuve d'un hochement de tête.

– Superbe. Ton écriture a une grâce et une noblesse rares chez les gens de ta classe.

Hana baisse modestement les yeux, mais mon cœur se met à battre un peu plus vite. *Noblesse*... Une fois de plus, je constate que le moindre de nos actes risque de nous trahir, ma sœur et moi, en révélant nos origines.

J'avale ma salive et je fais un mouvement du poignet qui donne un trait encore plus maladroit et raté que les précédents.

Maître Goku soupire quand il vient inspecter mon travail.

– Pour les traits courts, il faut aller vite et appuyer de façon régulière, dit-il. Essaie d'imiter la courbure du cou d'un cygne...

Quand le maître s'éloigne, je lève la tête et vois Ken-ichi qui me regarde en ricanant.

– Regarde les choses en face : tu es un paysan, face de riz, et à quoi ça sert qu'un paysan sache écrire ?

Maître Goku surgit soudain au-dessus de lui.

– Tu pourrais obtenir un trait plus raffiné si tu te concentrais plus sur ton travail que sur ceux qui t'entourent, Ken-ichi, dit-il calmement.

Ken-ichi devient cramoisi.

– Oui, Sensei.

Je ne peux m'empêcher d'éprouver un minuscule pincement de plaisir devant son embarras. Maître Goku lui lance un regard sévère avant de s'éloigner. Tous les élèves se penchent sur leur travail, et le reste du cours se déroule dans un silence presque complet. Le seul bruit est celui des pinceaux en poil de martre qui glissent sur le papier.

Quand Maître Goku nous libère enfin, chaque élève se range en file indienne devant lui, sans bruit, et pose son rouleau sur sa table. Je suis la dernière de la file. Quand j'arrive à sa hauteur, il tend la main et me prend mon rouleau sans me laisser le temps de le mettre avec les autres. Il le déroule et étudie le poème que j'ai recopié de l'un des rouleaux accrochés sur le mur, au fond de la classe.

– Où as-tu appris à écrire, Kagenashi ? demande-t-il.

J'envisage les possibilités à toute vitesse, le cerveau en ébullition. Où un paysan aurait-il pu apprendre à écrire ? Je jette un coup d'œil à Hana, qui se tient près de la porte. Ses yeux écarquillés montrent qu'elle est inquiète, mais elle n'a aucun moyen de m'aider.

Pendant ce temps, Maître Goku attend patiemment ma réponse.

– Dans sa jeunesse, ma grand-mère a vécu avec les serviteurs de la famille du jito, je lâche enfin. Là-bas, elle a appris à écrire. Parfois, quand il faisait trop froid pour s'aventurer dehors, elle nous donnait un cours, à mon frère et moi.

Hana confirme mon récit d'un hochement de tête et je vois qu'elle est contente que j'aie réussi à éviter de mentir de façon éhontée à notre professeur. Grand-Mère nous donnait souvent des cours d'écriture supplémentaires quand le temps était trop rigoureux, nous empêchant d'aller nous entraîner dehors, et c'est vrai qu'elle a vécu avec les serviteurs du jito, même si elle n'était pas l'un d'entre eux comme je l'ai suggéré.

– Alors votre grand-mère était une tutrice habile. Les caractères qu'elle vous a enseignés sont d'un grand raffinement.

Maître Goku nous observe, Hana et moi. Je suis incapable de déchiffrer l'expression de son regard.

– Il y a longtemps, j'ai eu un élève qui formait ses *kanji* comme toi, continue-t-il à mon intention. En appuyant fermement dans les traits descendants... avec quelques irrégularités dans les traits ascendants... et le pinceau brandi comme une épée.

Ses dernières paroles me font battre le cœur :

– Si c'était quelqu'un d'autre qui m'avait apporté ce rouleau, sans me dire d'où il venait, j'aurais dit que c'était l'écriture du jito en personne, le seigneur intendant Yoshijiro.

Je fixe le maître d'un regard horrifié. A-t-il deviné notre secret ?

CHAPITRE 11

– Ma grand-mère serait honorée de vous entendre dire ça, dis-je en m'efforçant de parler d'une voix égale.

– J'aimerais la rencontrer un jour, répond Maître Goku.

– Hélas, elle est morte, Sensei. Il y a deux hivers, une maladie s'est déclarée et a emporté bien des âmes, y compris celle de ma grand-mère.

Je me rappelle très bien le triste jour de ses funérailles. Il faisait un froid terrible et un vent glacé semblait geler nos larmes. C'est la seule fois où j'ai vu mon père pleurer.

Maître Goku place délicatement mon rouleau avec les autres.

– Je suis désolé de l'apprendre. J'ai l'impression que nous aurions eu beaucoup de choses à nous dire, elle et moi. Elle a dû connaître le jito quand il était jeune, comme moi.

– V... vous avez connu le jito ? je demande, affectant l'ignorance.

– Le seigneur Yoshijiro a étudié ici, il y a de nombreuses années, m'explique Maître Goku. C'était un élève remarquable. Très doué. Né pour être un guerrier et un meneur d'hommes.

Mon cœur se serre quand je pense à mon père tel que je l'ai vu la dernière fois, avec une tache de sang rouge vif sur son kimono jaune. Est-ce vraiment arrivé il y a seulement deux jours ?

Je suis tentée d'avouer la vérité, je l'ai sur le bout de la langue... Je veux tout dire à Maître Goku – sur oncle Hidehira, le massacre et notre fuite, à Hana et moi...

Mais avant que j'aie pu parler, un homme en armure de cuir apparaît sur le seuil, derrière Hana. Il est couvert de poussière de la route et je devine que c'est le messager que Maître Goku a envoyé chez nous, hier soir.

– Désolé de vous déranger, Maître, dit le messager d'une voix brusque. J'ai des nouvelles urgentes et j'ai pensé que vous voudriez les entendre dès mon retour...

Mon cœur se met à battre la chamade. Apporte-t-il à Maître Goku des informations sur mon oncle, et sur la mort de papa ?

Maître Goku nous renvoie hâtivement, Hana et moi, et entraîne le messager dans la salle des rouleaux.

Juste avant de quitter la pièce, je vois le messager lui tendre un rouleau froissé. Avec ma sœur, on s'arrête juste derrière la porte pour écouter.

– Je n'ai pas pu remettre le message que vous avez envoyé au jito hier, Maître, commence l'homme. Les portes de la propriété étaient sévèrement gardées par des samouraïs qui n'ont pas voulu me laisser entrer. Comme je refusais de partir, j'ai attendu longtemps et je n'ai pas vu un seul serviteur entrer ou sortir. Il s'est passé quelque chose de sinistre, Maître. J'en suis certain.

La suite nous échappe. Deux jeunes maîtres s'approchent et nous obligent à filer. Mais nous en avons entendu assez. On se regarde avec des yeux écarquillés, Hana et moi. Maître Goku doit savoir que quelque chose ne tourne pas rond : il est impensable qu'on ait refusé une audience avec le jito à son messager. C'est une insulte !

Nous coupons par le jardin de rocaille pour regagner les cuisines. Des pierres et des rochers gris ont été disposés avec soin sur un tapis de gravier délicatement ratissé.

– Oncle Hidehira est déjà en train d'insulter ses sujets et d'éveiller leurs soupçons, chuchote Hana tandis qu'on marche sur le gravier, qui crisse sous nos pieds. Pourquoi n'a-t-il pas révélé sa trahison ? Pourquoi ne dit-il pas à tout le monde qu'il est le nouveau *daimyo* ?

– Je suis sûre qu'il n'attendra pas longtemps. Il doit être en train de rassembler des troupes et de consolider son pouvoir, dis-je. Quand il fera enfin sa déclaration, il veut être sûr que personne ne doute de son autorité.

Hana se tourne vers moi et me touche la main.

– Quoi qu'il arrive, ma sœur, nous devons rester discrètes et continuer à jouer les serviteurs.

J'acquiesce.

Choji nous attend à la porte de la cuisine.

– Ah, les gringalets ! lance-t-il d'une voix tonitruante. Vous me revenez enfin. Venez. Vite, dépêchez-vous !

Il nous fait signe de passer devant lui pour entrer dans la cuisine, où Ko touille une énorme cuve de riz, le visage rougi par la vapeur. Un autre serviteur, à genoux près d'un brasero bas, retourne des morceaux de poisson avec une fourchette à long manche.

– Il est temps de préparer le déjeuner, dit Choji.

Hana et moi n'avons plus le loisir de penser à notre oncle et à ses plans, parce que plusieurs prodigieux tas de légumes qui arrivent presque à la hauteur de nos têtes ont été disposés en équilibre précaire sur la table à notre intention : gingembre, choux blancs, concombres au vinaigre, racines de lotus brun-rouge et *daikon*, ou radis géants.

Je devine qu'on a placé les légumes là pour que ma sœur et moi les épluchions et les découpions, mais nous sommes toutes les deux effarouchées : nous n'avons encore jamais fait à manger. Chez nous, les délicieux repas semblaient sortir des cuisines par magie, tout simplement. Comme pour le thé et le ménage, nous allons devoir improviser, voilà tout. On prend des couteaux sur la table et on attaque les choux, qu'on découpe en tout petits morceaux avant de les jeter dans un saladier laqué.

– Non, non, les gringalets ! s'exclame Choji quand il voit notre travail. Pas comme ça ! Vous avez la tête tellement pleine des enseignements de Maître Goku que vous massacrez mes beaux choux !

Il prend un couteau et nous montre comment nous y prendre.

– Comme ça. De gros morceaux vite faits. Pour ajouter de la texture à la soupe. Si vous tenez à réduire quelque chose en copeaux, faites-le avec le gingembre, pour que tout son arôme se dégage dans le plat.

Une fois qu'on découpe des morceaux et des copeaux qui lui conviennent, il nous laisse continuer tranquillement. Des bruits divers flottent jusqu'à nous par un panneau ouvert, à proximité : pincement discret des cordes d'une harpe *koto,* élèves qui encouragent des camarades en train de se battre dans la salle d'entraînement, claquements de *bokken* qui s'entrechoquent dans une des cours. Je meurs d'envie d'être avec eux, de suivre la même formation, de progresser sur la voie pour devenir un guerrier...

Voyant Hana regarder par l'ouverture, je lui murmure :

– Si seulement on pouvait être là-bas en ce moment...

Elle hoche la tête.

Je voudrais être en train d'apprendre à envoyer une flèche vers une cible avec autant de précision que Tatsuya. Ou de répéter mes *kata* jusqu'à pouvoir évoluer avec la même grâce et la même fatale rapidité que notre cousin Ken-ichi. Nous devons parfaire notre technique pour pouvoir protéger notre famille et venger notre père !

Je suis tellement distraite que j'épluche mes légumes avec lenteur et maladresse. Mais les lames courtes des couteaux à légumes de Choji sont bien aiguisées et, petit à petit, mes mains commencent à bouger plus vite.

Et soudain, j'ai une idée. Je me tourne vers Hana avec un sourire.

Une fois que j'ai toute son attention, je lance mon couteau en l'air, je le rattrape avec adresse et je le brandis comme un *tanto*, le poignard dont les samouraïs se servent pour le combat rapproché. J'empoigne solidement un long radis blanc et je tranche vivement le gros légume en imaginant que c'est la gorge exposée d'un ennemi. Puis je le coupe en cent morceaux. Mes doigts bougent si vite qu'ils forment une tache floue.

– On peut s'entraîner, je souffle à Hana. Ici et maintenant, dans la cuisine.

Hana comprend vite. Elle prend un autre radis et le tient comme une épée. Je me fends pour en trancher l'extrémité, puis je bondis pour rattraper le bout coupé d'une main avant qu'il touche le sol. Avec ma lame rutilante, je taille le radis en remontant jusqu'à un cheveu de la main d'Hana, puis je lui arrache le morceau qui reste, je le jette en l'air et je l'empale quand il retombe.

Avec un doux sourire, Hana prend un couteau à son tour et, bientôt, tous les radis ont succombé et gisent sur la table. On répète le jeu de jambes que papa nous a appris : pas chassés, pas glissés et demi-tours en allant et venant entre les bols de légumes. De la même manière, on écartèle les concombres au vinaigre et on coupe les racines de lotus en allumettes sous le regard ébahi de Ko, à l'autre bout de la cuisine.

Choji nous aperçoit. Il regarde un moment, puis secoue la tête.

– Sont fous, ces garçons... marmonne-t-il – mais une lueur d'amusement brille dans ses yeux. Si vous n'étiez pas si rapides, je serais obligé de me plaindre de vous auprès du maître...

Puis il ajoute :

– Je suis impatient de vous avoir dans ma classe, plus tard.

J'échange un coup d'œil surpris avec Hana, et Choji hoche la tête.

– Oui, tout à fait. Après le repas de midi, j'emmène les serviteurs dans la petite cour pour leur entraînement quotidien au maniement des armes. Maître Goku tient à ce que tout le monde bénéficie d'une formation d'excellent niveau aux arts martiaux, dans son école – y compris les serviteurs.

Prêtes à exploser tellement nous sommes excitées, Hana et moi achevons à toute vitesse les derniers légumes et nous dépêchons d'aider Ko à porter les bols de riz et de poisson dans le réfectoire, où les élèves bavardent bruyamment pendant tout le déjeuner. Après, on se presse de débarrasser, on engloutit notre repas, puis on frotte les plats et les bols avec du sable et du vinaigre jusqu'à ce qu'ils brillent.

– Allez mettre un kimono à manches courtes, nous dit Ko lorsqu'on a fini notre travail. Et apportez vos épées !

Après être montées se changer, Hana et moi retrouvons Ko dans l'allée, dehors, et nous filons enfin tous les trois vers la petite cour, avec les six autres serviteurs qui s'occupent de la maison. Choji nous attend, une rangée de grands *naginata* appuyée contre un rocher à côté de lui.

J'éprouve une bouffée d'excitation à l'idée de reprendre en main une de ces lances élégantes. Les *naginata,* je sais les manier...

Soudain, je me rappelle qu'un paysan pauvre n'aurait jamais touché, et encore moins manipulé une arme pareille ! Ce sont les fantassins et même les cavaliers qui s'en servent, mais les femmes ont adopté un modèle plus court qu'elles emploient pour défendre leur foyer lorsque leur mari samouraï est sur le champ de bataille. Chez mon père, toutes les femmes étaient bien entraînées au maniement du *naginata.* Hana et moi allons devoir rester en retrait, sinon nous risquons de nous trahir.

Je jette un regard d'avertissement à ma sœur, qui acquiesce comme si elle avait pensé à la même chose.

L'intendant sourit lorsqu'on prend place et qu'on s'agenouille tous par terre devant lui.

– Vous ne vous êtes sans doute encore jamais entraînés avec ça, dit-il.

À ce moment-là, j'essaie d'affecter la même ignorance et la même curiosité que Ko.

– Le *naginata* est une arme versatile – il fait à la fois office de lance et de gourdin.

Il en prend un et le soupèse d'une main habile avant de le caler devant lui. Son manche en bois noir et sa longue lame brillent.

– Les femmes s'en servent souvent, parce que cette arme permet de maintenir les intrus à bout de bras. Et il n'y a pas si longtemps, les moines guerriers *sohei* s'en servaient pour combattre, taillader et poignarder leurs ennemis afin de les soumettre. Selon les récits de certaines grandes batailles, les guerriers abattaient dix ou douze adversaires d'un seul coup en faisant tournoyer leur *naginata* !

Choji nous montre plusieurs façons de tenir la lance puis, sans prévenir, attaque un ennemi imaginaire d'une manière époustouflante, en faisant tourner l'arme par-dessus son bras gauche et en la plantant vers l'arrière.

Les genoux fléchis, les sourcils froncés, il fait un bond de côté et pivote, comme pour attaquer de front un deuxième ennemi. La longue lame incurvée qui termine son *naginata* scintille dans le soleil de l'après-midi. Il envoie son ennemi dans l'autre monde et se retourne vivement pour en affronter encore un autre.

L'arme devient une extension de ses bras qui tourbillonne comme un moulin à eau, taillade des membres imaginaires et tranche des têtes invisibles. Enfin, Choji s'immobilise, haletant.

– Maintenant, c'est votre tour, dit-il. Choisissez votre arme en fonction de votre taille. Votre *naginata* doit vous dépasser d'au moins la longueur d'un bras.

Je me lève d'un bond, Hana sur les talons, et nous filons choisir des *naginata.* Choji nous place en une longue rangée qui s'étire dans toute la cour, séparés chacun par la longueur d'un manche de *naginata.*

– Il ne faudrait pas qu'il y ait des collisions, explique-t-il de sa voix bourrue. Pas de bras ou de jambes coupés, s'il vous plaît, parce qu'il y a du travail à faire cet après-midi !

Il nous indique en détail la manière de placer nos mains, la nécessité de rester légers sur nos pieds et l'importance de l'équilibre et de la concentration au cours d'un combat. Hana et moi, on tient nos *naginata* avec une maladresse délibérée pour essayer de se conformer à notre rôle de paysans malhabiles ignorants des armes de luxe comme celle-ci.

– Aujourd'hui, nous allons apprendre trois mouvements de base, dit Choji en nous montrant un redoutable enchaînement. Tout d'abord, faites un pas vers l'avant en donnant un coup vers le haut. Ensuite, baissez la main, mettez-vous en position du cavalier, avec les jambes écartées, glissez le manche vers l'arrière sous votre bras et donnez un coup vers l'avant avec la lame. Enfin, avancez le pied droit, fléchissez légèrement les orteils du pied gauche et abattez votre arme dans un mouvement oblique, comme pour moissonner un champ de blé. Maintenant... suivez-moi !

Tous en même temps, on s'avance dans la cour derrière Choji. J'observe les autres serviteurs du coin de l'œil pour voir s'ils manient bien leur arme. Hana et moi, on copie leurs erreurs tant qu'on peut, tout en faisant semblant de viser la perfection.

J'entends Ko marmonner entre ses dents :

– En haut, sous le bras, vers l'avant, puis vers le bas.

– Nul ! Nul ! rugit Choji. Vous êtes tous nuls. Vous n'êtes pas synchronisés, le jeu de jambes n'est pas bon, vous faites des grands gestes désordonnés...

Il nous fait regagner notre point de départ.

– Où est votre rigueur, hein ? Et votre prestance ? On dirait un troupeau de singes lâchés du haut d'une falaise !

Je vois Hana lever la main pour se couvrir la bouche et je dois moi-même réprimer un gloussement.

– Reprenez ! ordonne Choji.

Et quand on a refait l'enchaînement – encore plus mal que la première fois, si j'en crois ses commentaires –, on doit encore recommencer six ou sept fois. Quelques serviteurs grommellent. Choji claque la langue.

– Vous avez intérêt à vous y habituer, dit-il sévèrement. C'est le *kenshu,* la période d'entraînement intensif. On s'entraîne dur... puis on recommence tout depuis le début. Et la deuxième fois, on s'entraîne encore plus dur.

– J'ai mal aux bras, se plaint Ko. Je comprends bien que c'est le *kenshu,* mais on ne pourrait pas passer à un autre enchaînement ? Pourquoi est-ce qu'on doit refaire tout le temps la même chose ?

– Tu répéteras ces trois mouvements de base jusqu'à ce que tu puisses les faire les yeux bandés, aboie Choji. Ta technique doit être plus que parfaite. Dans un vrai combat, ton ennemi exploitera la moindre de tes faiblesses, la plus légère hésitation. Tu penses qu'il te laissera le temps de réfléchir à tes mouvements? Non, il n'attendra pas. Et quand il attaquera, tu n'auras pas le temps de penser à glisser ton pied ici ou ta main là... Tu dois bouger sans réfléchir, comme si tu étais en transe!

– Ça, je vais être en transe d'ici la fin de la séance, c'est sûr, grommelle Ko à voix basse.

Mais je le vois se concentrer, serrer les dents et se remettre à frapper et taillader l'air, répétant inlassablement les mouvements. Il est petit et râblé, et il est plus jeune qu'Hana et moi, mais il est sans doute trois fois plus costaud. Je baisse le menton et je me concentre à mon tour, faisant mine d'améliorer ma technique. Choji le remarque et me félicite d'un petit signe de tête.

Quand le gong sonne pour marquer la fin des cours de l'après-midi, j'ai les jambes douloureuses et les bras en compote. Ko et les autres serviteurs, tout rouges, ont le front humide de transpiration. Quelques mèches des longs cheveux noirs d'Hana se sont échappées de son chignon. Pourvu que personne ne voie que ça lui donne une allure terriblement féminine!

Choji nous passe en revue, l'air amusé.

– Vous êtes fatigués, commente-t-il de sa voix rocailleuse. Et vu la tête que vous faites, j'imagine que vous me détestez, en cet instant précis.

Il hausse les épaules et sourit d'un air moqueur.

– Vous me détesteriez encore plus si je n'essayais pas de tirer le meilleur de vous. Pour être des guerriers dignes de votre place dans l'école de Maître Goku, vous devez apprendre à ignorer la fatigue, la douleur, les courbatures. Je vais vous faire travailler dur, je vous ferai même parfois dépasser vos limites, mais quand vous vous retrouverez en situation de combat, vous me remercierez... parce que chaque mouvement vous viendra naturellement. Et que vous battrez votre ennemi.

À la fin de la journée, ses paroles me résonnent toujours aux oreilles tandis qu'Hana et moi suivons Ko dans les galeries. La lune est haute dans le ciel.

– La tradition veut que toute l'école assiste au cours de méditation chaque soir, nous dit Ko. On ne l'a pas fait hier, mais c'était à cause de la cérémonie inaugurale. Suivez-moi ; la salle de méditation est par ici...

On descend les petites marches en bois espacées pour rejoindre les allées éclairées par des lanternes. Enfin, apparaît la salle de méditation. Vaste et aérée, avec, sur un des murs, des tableaux apaisants représentant des chutes d'eau, elle me rappelle la salle de travail de papa, chez nous. Il y a la même odeur d'encens qui subsiste et la même atmosphère de profond recueillement.

Les élèves sont agenouillés, formant un grand cercle autour de Maître Goku, qui est debout, les mains cachées dans les manches de son kimono noir. À côté de lui, on a posé sur une table basse en laque tout le nécessaire pour la préparation du thé : louches en bambou et petits bols à boire, ainsi qu'un chaudron en fonte suspendu à un crochet au-dessus d'une pyramide de charbon fumant.

Les serviteurs sont agenouillés en rang le long d'un mur, dans la posture du *seiza,* face au centre de la pièce. Nous les rejoignons en silence, tous les trois. Non loin, une bougie vacille à l'intérieur d'une lanterne et un papillon de nuit volette autour.

– Bonsoir.

Maître Goku balaie la salle de son regard serein, qui semble se poser sur chaque visage.

– Ceux d'entre vous qui ont déjà fait de la méditation, vous savez ce que j'attends de vous ce soir. Quant à ceux pour qui c'est nouveau, permettez-moi de vous expliquer de quoi il s'agit. Vous allez vous mettre en contemplation silencieuse, les yeux fermés, le corps et l'esprit détendus, en vous concentrant sur votre respiration. Lentement, très lentement, vous laisserez votre moi conscient se retirer, se dissoudre, et vous finirez libérés de toute pensée.

Il se met à marcher sans bruit dans la salle, en se frayant un chemin entre les élèves.

– Vous pouvez commencer, dit-il de sa voix grave et presque hypnotique. À votre rythme...

Parmi les élèves, les épaules se relâchent. Je vois Kenichi poser avec légèreté les mains sur les genoux. Les yeux de Tatsuya se ferment. À côté de moi, Hana s'agenouille, le dos des mains sur les cuisses et les paumes ouvertes vers le plafond.

Je ferme les yeux et j'inspire profondément, soudain consciente d'être absolument épuisée. Chaque os, chaque muscle et chaque tendon de mon corps me paraît douloureux. Je serre les poings pendant un instant, puis je relâche les mains, paumes vers le haut comme Hana.

– C'est ça, détendez-vous... dit Maître Goku.

À force de déambuler dans la salle, il finit par arriver près de moi. J'entends l'ourlet soyeux de son long kimono bruisser quand il passe à proximité. Pendant un moment, j'ai l'impression que les autres se sont tous évaporés et qu'il s'adresse directement à moi.

– Laissez vos muscles fatigués se relâcher et s'immobiliser... Videz votre esprit de toute émotion, toute pensée, tout souvenir...

Guidée par sa voix, j'essaie de laisser filer toutes mes pensées conscientes. Un voile noir couvre peu à peu mon esprit, quand soudain, une lame luisante le déchire. Maintenant qu'il n'y a plus de barrière physique pour me changer les idées, des souvenirs atroces surgissent l'un après l'autre : mon père à l'agonie, le visage tordu... Harumasa plié en deux, gris de douleur... Nobuaki en train de se faire sauvagement taillader par oncle Hidehira...

La voix de Maître Goku interrompt le torrent de sang qui déferle dans mon esprit.

– Continuez à respirer. Très lentement. Inspirez... Puis expirez. Essayez de compter pendant que vous inspirez... deux, trois, quatre. Puis expirez... deux, trois, quatre. Ne pensez qu'à votre respiration ; c'est tout. Rien d'autre ne compte. Vous êtes en sécurité, ici. Vous pouvez vous détendre, débarrassés de tous les soucis du monde.

Je suis ses instructions et mes pensées se dissolvent lentement, jusqu'à ce qu'il ne reste plus que la respiration. Inspirer... deux, trois, quatre. Expirer... deux, trois, quatre. Je ne sens plus mes os douloureux. Les souvenirs s'estompent. En moi et autour de moi l'espace s'agrandit.

Brusquement, cet espace n'est plus vide. Quelque chose vient vers moi. Le sang me martèle les oreilles et, tout d'un coup, je n'arrive plus à penser qu'au samouraï balafré qui nous a attaquées, au temple.

« Non ! » crie une voix dans ma tête et, sans réfléchir, je saute sur mes pieds et je pousse un hurlement féroce en me plaçant en position d'attaque face à l'intrus, les mains dures comme du fer.

J'ouvre les yeux et je vois Maître Goku debout devant moi... ainsi que les visages ahuris de tous les autres élèves.

CHAPITRE 12

Quelque part, un garçon ricane et je deviens rouge tomate en devinant que c'est Ken-ichi.

Je dissimule mon embarras en m'inclinant profondément devant Maître Goku.

- Je suis vraiment désolée, dis-je. Je ne sais pas ce qui m'a pris...

- Tu n'as pas à t'excuser, répond le maître. Je suis impressionné par la vivacité de tes réactions. Apprendre à un élève comment bouger de façon aussi instinctive, sans réfléchir, peut prendre des années. Je suis content de constater que tu as un don inné.

Je suis tellement soulagée ! Le maître a réussi à me rendre fière d'un incident qui me faisait honte.

Maître Goku regarde les élèves qui sont autour de nous, bouche bée.

– Reprenez votre méditation, s'il vous plaît, dit-il doucement.

Tout le monde baisse la tête et referme les yeux. Il hoche la tête, satisfait.

À la fin de la séance, le maître s'agenouille délicatement devant la table laquée où les bols à thé et les louches ont été disposés avec précision sur une nappe blanche immaculée.

– Comme vous le savez peut-être, le thé de Chine devient à la mode chez les dirigeants nobles que nous, les samouraïs, devons servir. J'ai passé un certain temps dans des temples avec des moines zen et j'ai pu observer que, pour servir le thé à ses supérieurs, il faut de la maîtrise, de l'humilité et de la précision – comme pour pratiquer les arts martiaux que nous étudions. Ce soir, nous allons répéter quelque chose qui s'appelle *cha no yoriai* – la bonne manière de servir le thé et de montrer son respect, dit-il en arrangeant les plis de son kimono autour de lui. Chaque soir, pendant le *kenshu*, je désignerai un élève pour préparer et servir le thé. Le soin et la précision avec lesquels il exécutera la cérémonie contribueront à révéler lequel d'entre vous est le plus adroit des combattants et le plus digne d'être appelé un samouraï.

D'un geste, Maître Goku demande à Choji de faire une démonstration.

Pendant que l'intendant détaille chaque étape aux élèves rassemblés, Ken-ichi lève ostensiblement les yeux au ciel. Notre famille sert le thé de cette façon depuis années; le *cha no yoriai* n'a rien de nouveau pour lui.

– Bien, annonce Goku quand l'intendant a terminé ses explications. Maintenant, l'un d'entre vous va essayer d'imiter les mouvements gracieux de Choji.

Je vois Ken-ichi se redresser. Il regarde Maître Goku avec enthousiasme, visiblement très désireux d'être choisi, mais le maître appelle Tatsuya.

Quand ce dernier prend place en face de lui, je note qu'il essaie de dissimuler sa nervosité et je compatis. Il a forcément déjà fait du thé ; qui n'a pas préparé et servi un bol de *cha* à ses parents ? Mais je doute qu'un garçon d'origine aussi modeste ait jamais vu un *cha no yoriai* avant de venir au dojo, sans parler d'y prendre part. Si seulement je pouvais l'aider ! Mais je ne peux rien faire. Il doit se débrouiller tout seul, le pauvre.

Les mains tremblantes, il met une petite quantité de poudre de thé vert spéciale pour les cérémonies dans un des bols, prend délicatement une louchée d'eau dans le chaudron bouillant et la verse dans le petit bol. De la vapeur blanche s'élève en tourbillonnant. Je vois au visage de Tatsuya qu'il s'efforce de paraître calme, de ne montrer que grâce et tranquillité. Il fouette le thé dans le bol jusqu'à le rendre écumant. Un effluve de son parfum âcre parvient à mes narines quand Tatsuya ajoute une louchée d'eau froide pour le mettre à la bonne température. Ensuite, il s'incline et présente le bol à Maître Goku.

Le maître prend le bol à deux mains. Il boit trois petites gorgées puis, après une pause, trois de plus. Quand le bol est vide, il le rend à Tatsuya, qui le repose soigneusement sur la table. Ils se saluent, et la cérémonie est terminée.

– C'est bien, Tatsuya, dit Maître Goku après un long moment de réflexion. Tu as compris les différentes étapes de la préparation du thé et tu as essayé d'afficher la tranquillité nécessaire, mais je voyais clairement tes émotions secrètes. Lors d'un vrai *cha no yoriai,* tout doit être parfait pour satisfaire ton invité.

Il croise les bras, glissant les mains dans ses larges manches, et plisse les yeux.

– Dans un combat, Tatsuya, permettrais-tu à ton adversaire de voir ce que tu penses en ton for intérieur ?

– Non, Sensei, répond Tatsuya en secouant la tête.

– Bien sûr que non. Il faut se protéger à tout moment, dans la vie. On ne doit jamais donner à un adversaire un avantage qu'il n'a pas gagné en se battant. Tu comprends ?

Tatsuya s'incline profondément. De toute évidence, il s'est déçu lui-même.

Je trouve qu'il s'est bien débrouillé, mais plus tard, après avoir fait le ménage dans la salle et aidé Ko à débarrasser, Hana et moi voyons une silhouette à l'air triste assise sur les marches qui descendent dans le jardin de rocaille. Il a la tête baissée, mais la lune dégage assez de lumière pour qu'on reconnaisse aussitôt Tatsuya.

– Ça va ? lui demande Hana.

Elle pose une main délicate sur ses épaules tombantes. Aussitôt, Tatsuya se redresse et s'efforce d'afficher un air dégagé, insouciant.

– Bien sûr, dit-il gaiement, en levant les yeux vers nous pour nous sourire. J'admirais juste le jardin avant d'aller me coucher.

Après un bref silence, ses épaules s'affaissent de nouveau.

– En fait, non. Si vous voulez le savoir... je regrette d'être venu ici !

Je m'assieds à côté de lui. Hana s'installe quelques marches plus bas et le regarde d'un air compatissant.

– Tu as eu le privilège d'être choisi en premier, je lui rappelle.

– Et j'ai tout gâché, réplique-t-il d'un ton morne. J'ai été maladroit. J'ai montré mes émotions et j'ai gâché la beauté du moment.

– Ce n'était pas si mal que ça, dit Hana.

– Tout le monde, dans cette école, a des progrès à faire dans un domaine, j'ajoute.

Je jette un coup d'œil vers Hana.

– Poing Silencieux a besoin de s'entraîner davantage avec le *naginata*. Moi, je dois travailler mon écriture. Et Ken-ichi devrait changer de manières.

Là-dessus, Tatsuya sourit.

– C'est juste que j'ai l'impression d'avoir tellement plus de choses à améliorer que les autres, ici, insiste-il. Parfois, je me dis que je ne deviendrai jamais un samouraï.

– Tu apprendras, et tu deviendras un samouraï, lui dis-je avec fermeté. Maître Goku ne t'aurait pas sélectionné pour te former s'il ne voyait pas ça dans ton avenir.

– Si Sensei m'a sélectionné, c'est seulement pour mes qualités d'archer, réplique Tatsuya. Il m'a vu crâner avec un arc et des flèches un jour, au marché, où je tirais sur des cibles pour gagner un peu d'argent. Quand il m'a invité à venir m'entraîner ici, j'ai supplié ma mère de m'y autoriser. Goku trouvait que je semblais avoir du potentiel... et peut-être que c'est vrai. Peut-être que je *pourrais* devenir samouraï, s'il s'agissait juste de se battre.

Il pousse un soupir désespéré.

– Mais il ne s'agit pas que de ça, n'est-ce pas ? Il y a tant d'autres choses pour lesquelles je dois me remettre au niveau : le thé, la lecture et l'écriture. Les autres élèves viennent tous de familles nobles, et j'ai l'impression qu'ils savent faire tout ça depuis la naissance.

– Personne ne sait faire tout ça depuis la naissance, dis-je. On doit tous apprendre.

– Moi aussi, je veux l'apprendre. Mais il n'y a personne pour me l'enseigner.

– Je peux te l'enseigner, moi, souffle Hana.

En faisant signe à Tatsuya de la suivre, elle se lève et descend les marches pour gagner le jardin de rocaille, où quelques lanternes de pierre projettent une lueur douce. Là, elle ramasse plusieurs petits cailloux et une brindille lisse, puis les dispose soigneusement sur une grande pierre plate qui ressemble à une table basse. Elle s'agenouille à côté et, d'un geste, invite Tatsuya à prendre place en face d'elle.

Sans un mot, elle lui montre comment servir le thé. En retenant sa manche avec une main, elle lève élégamment la brindille avec l'autre et approche sa louche de fortune d'un des plus gros cailloux, comme si c'était le chaudron d'eau bouillante. Avec une grâce fluide, elle fait mine de transvaser le liquide dans le petit caillou qui représente le bol à thé. La gorge serrée, je me rappelle les occasions où je l'ai vue accomplir le *cha no yoriai* pour nos parents, à la maison.

Tatsuya la regarde attentivement, l'air émerveillé par la perfection de ses mouvements. Puis Hana indique que c'est son tour. Il retient sa manche avec précaution et soulève la brindille. Hana pose les mains sur les siennes et guide délicatement ses gestes.

– Comme ça, dit-elle d'une voix douce.

Quelques lucioles lumineuses passent devant nous ; elles se détachent sur le ciel nocturne. Je regarde Tatsuya servir et resservir le thé avec la brindille et les cailloux. Hana semble communiquer avec lui sans difficulté, en hochant légèrement la tête ou en lui effleurant les doigts et les mains pour lui donner des indications. Notre ami a changé de visage : la tristesse a cédé la place à la détermination ; il tient à faire les choses comme il faut.

Enfin, ils se saluent tous deux respectueusement. Hana remet les cailloux dans le jardin. La leçon est terminée.

– Merci, dit Tatsuya avec un sourire. J'ai l'impression d'avoir un peu progressé.

Après une hésitation, il demande :

– Comment se fait-il que tu t'y connaisses si bien en *cha no yoriai* ?

– Eh bien... je...

Hana bafouille, confuse, alors j'interviens :

– C'est très important, pour un serviteur, d'être capable de servir le thé comme il faut aux invités importants.

– Et tu deviendras encore plus adroit si tu t'entraînes, ajoute Hana, qui s'est ressaisie.

– Tu serais d'accord pour m'aider ? lui demande-t-il.

– Bien sûr. On peut s'exercer ensemble tant que tu veux.

Tatsuya sourit.

– Comme ça, la prochaine fois que Maître Goku me demandera de servir le thé, je serai prêt.

– Et quand tu rentreras chez toi, tu pourras impressionner tes parents avec ta connaissance de l'étiquette, dis-je.

Une ombre de chagrin passe sur le visage de Tatsuya.

– Ma mère, peut-être. Mon père, je ne sais pas. Je ne l'ai pas vu depuis que j'avais six ans.

– Ah.

Devant l'air douloureux de Tatsuya, une foule de souvenirs de mon père à moi resurgissent. Je déglutis avec peine.

– Mon frère et moi... nous avons perdu notre père récemment, dis-je tout bas, d'une voix hésitante.

Tatsuya nous considère toutes les deux.

– Je suis désolé, répond-il avec douceur.

Hana crispe les mains sur ses genoux et détourne le regard vers le jardin plongé dans la pénombre. Je vois qu'elle a les yeux brillants de larmes, mais, d'après son air déterminé, elle est manifestement décidée à les retenir.

– Parle-nous de ton père, dis-je à Tatsuya.

Pendant un moment, il se mord la lèvre, comme s'il se demandait par où commencer. Puis il inspire profondément.

– C'est une longue histoire, répond-il enfin. Je vais vous la raconter en marchant, venez.

J'acquiesce. On se lève tous les trois et on se promène sur un chemin de sable qui traverse le jardin de rocaille. J'entends de l'eau qui coule doucement quelque part – ce petit clapotis est presque musical dans l'obscurité.

– Mon père a disparu, nous confie Tatsuya lorsqu'on passe sous une arche et qu'on descend une volée de petites marches. Une nuit, il a dit à ma mère qu'il partait faire un tour. Elle s'est étonnée. « À minuit ? Mais pourquoi ? » Mon père n'a pas répondu. Il a juste pris son épée courte et un vieux casque en cuir qui était accroché au mur, au-dessus de la porte, et il est sorti de la maison. C'est la dernière fois que ma mère l'a vu.

– Il a eu un accident ? je demande.

On franchit un pont en bois peu élevé qui enjambe un bassin de nénuphars. Dans le clair de lune, l'eau scintille comme de l'argent.

Tatsuya secoue la tête.

– Non, rien ne permet de le supposer. Bien des lunes ont passé, et nous n'avons pas eu de nouvelles de mon père. On n'a jamais retrouvé de corps. Pendant longtemps, ma mère a pensé qu'il avait été attaqué par des voleurs, mais il n'y a qu'une route pour entrer et sortir de notre petit village et il n'y avait pas de trace de bagarre. Personne n'a rien entendu. C'était comme si mon père n'avait jamais existé.

– Que s'est-il passé, à ton avis ? le questionne Hana.

– J'ai tout vu, répond-il calmement en s'arrêtant sur le pont et en levant les yeux vers les étoiles. Je l'ai entendu s'en aller ; je me suis agenouillé sur le seuil et je l'ai regardé partir vers le vieux temple shinto qui est en bordure du village. J'étais curieux, alors je suis sorti furtivement de la maison et je l'ai suivi. Il est entré dans le temple, s'est agenouillé en silence pendant un moment, et bientôt... bientôt, un autre homme est venu. Il était tout en noir ; même son visage et ses mains étaient couverts.

On quitte le pont et on rejoint un sentier baigné d'ombre qui serpente dans les jardins.

Tatsuya continue :

– J'ai cru qu'il allait faire du mal à mon père. Je m'apprêtais à crier pour le prévenir, mais ils se sont salués d'une façon très formelle. L'homme en noir a dit : « Il est temps que tu suives la voie de ton destin, frère », et mon père a acquiescé. Sans le vouloir, j'ai marché sur une brindille sèche, qui s'est brisée, et ils se sont tous les deux tournés vers l'endroit où je me cachais... Là, il s'est passé quelque chose de bizarre. Derrière moi, quelque chose a bougé à une vitesse fulgurante. Une main s'est posée sur mon cou et a appuyé un instant, très légèrement.

Tatsuya touche brièvement le point dont il parle, comme s'il y sentait toujours la main.

– Quand j'ai repris connaissance, c'était l'aube et ma mère me prenait dans ses bras. Elle pleurait parce qu'elle croyait m'avoir perdu, alors qu'en fait c'est mon père qu'elle avait perdu.

On arrive dans le jardin de mousse, où le clair de lune permet tout juste de distinguer des pierres et des rochers lisses tapissés de vert velouté. C'est un lieu paisible, où les pierres sont disposées méticuleusement pour aider l'esprit à se mettre en harmonie avec la nature. À notre gauche se trouve une cour sablonneuse et, au-delà, j'entrevois l'entrée principale du dojo, à demi cachée par un majestueux érable dont les branches balaient le sol.

– Tu as revu ton père ? demande Hana.

Tatsuya secoue la tête.

– Jamais. Mais je ne pense pas qu'il soit mort, parce que chaque année, le jour anniversaire de sa disparition, un sac de pièces apparaît sur l'oreiller de ma mère pendant la nuit. Elle laisse une bougie allumée, et parfois, elle essaie de rester éveillée pour voir qui s'introduit si furtivement chez nous... mais elle ne l'attrape jamais.

– Tu crois que c'est ton père ? je demande à mon tour, fascinée par cette histoire.

– C'est possible. À moins que ce soit l'homme en noir avec lequel il est parti. Qui sait ?

Il s'apprête à dire autre chose, quand un martèlement de sabots déchire le calme de la nuit. Je les entends approcher au galop sur la route dans un bruit de tonnerre, à l'extérieur du dojo, et s'arrêter brusquement devant l'entrée.

– Ouvrez ! tonne une voix rude, et retentissent des coups tambourinés sur la grande porte en bois. Ouvrez, au nom du jito !

Hana m'attrape la main. Sous nos yeux, une lanterne s'allume et deux gardes sortent en courant d'une petite guérite aménagée de l'autre côté de l'entrée. L'un d'eux attache précipitamment la boucle de son casque en cuir et métal. L'autre ouvre la petite porte ménagée dans la grande. S'ensuit un échange à voix basse, puis le garde casqué part en courant et disparaît sous l'arche de pierre, au fond de la cour.

Il revient après quelques instants avec Maître Goku qui, alerté par le bruit, l'a manifestement croisé en chemin.

– Il se passe quelque chose, dit calmement Tatsuya. Approchons-nous un peu. Nous entendrons peut-être ce qu'ils disent.

Je hoche la tête.

– Oui, mais nous ferions mieux de rester cachés.

Nous nous approchons à pas de loup, en restant dans l'ombre du haut mur. J'espère que les rochers et les branches qui nous entourent nous dissimulent bien.

D'autres lanternes s'allument et Maître Goku ordonne qu'on ouvre les portes. Aussitôt, dix ou quinze samouraïs à cheval déferlent dans la cour. Leurs sabots retournent le sable soigneusement ratissé. Mon cœur se met à tambouriner dans ma poitrine quand je reconnais le capitaine avec la ceinture de soie rouge nouée autour du bras.

Ce sont les hommes d'oncle Hidehira, ceux qu'Hana et moi avons vus en train de semer la terreur dans le village, il y a quelques jours à peine.

Le capitaine met pied à terre et s'avance d'un pas assuré vers Maître Goku dans la cour. Ils échangent un rapide salut.

– Comment puis-je vous aider à cette heure tardive ? demande Maître Goku, le visage aussi serein que d'habitude.

– Nous cherchons des fuyards qui se sont échappés de la propriété du jito, répond le capitaine d'une voix dure, gutturale. Quatre esclaves qui ont commis un vol – une femme et ses enfants, dont un jeune garçon de six ans. Ils étaient enfermés en attendant leur punition, mais ils se sont évadés et sont désormais en cavale.

Il parle de nous – ainsi que de maman et de Moriyasu ! La main d'Hana se crispe sur mon bras et, d'instinct, on se replie dans l'ombre. Tatsuya est accroupi derrière un rocher, tellement immobile qu'il semble ne faire qu'un avec ce qui l'entoure.

– Le jito a dû être surpris d'apprendre qu'une femme et des enfants avaient réussi à échapper à ses soldats surentraînés, commente Maître Goku d'une voix calme. Des esclaves, en plus, alors qu'ils n'ont généralement aucune formation au maniement des armes...

Le capitaine prend un air furieux.

– Ces esclaves ont assassiné un de mes hommes, dit-il sèchement. Ce sont de dangereux criminels qu'il faut capturer immédiatement !

– Et vous pensez que ces dangereux criminels sont venus ici ?

– C'est possible.

– Tout est possible, observe Maître Goku en glissant les mains dans ses larges manches. Mais nous n'avons pas vu de vagabonds comme ceux que vous décrivez. Aucune femme ne s'est présentée devant ma porte, avec ou sans ses enfants.

– Mmh, fait le capitaine avec un bref hochement de tête. Alors ils doivent toujours courir dans la campagne. Que six de vos meilleurs élèves viennent nous aider dans nos recherches.

– Bien sûr, répond Maître Goku. Le jito sait que mes élèves sont à ses ordres.

Il marque une pause, puis demande :

– Le seigneur intendant Yoshijiro est-il revenu de son voyage à l'autre bout de la province ?

Mais le capitaine n'entend pas sa question, ou fait semblant de ne pas l'avoir entendue. Il se retourne d'un bond et lance un ordre brusque à deux de ses hommes, qui mettent aussitôt pied à terre.

– Permettez à mes samouraïs de vous aider à sélectionner les élèves les plus forts, s'il vous plaît, dit le capitaine.

Maître Goku paraît sur le point d'ajouter autre chose, mais il baisse la tête et se détourne pour prendre une lanterne. À ce moment-là, quelque chose attire son attention vers notre cachette, à l'autre bout de la cour...

Ses yeux croisent les miens, et restent rivés dessus.

Je retiens mon souffle et je m'efforce de rester immobile. Le sang afflue à mes oreilles. Je suis au bord de la panique. Il m'a vue ; il *sait* ! Va-t-il dire quelque chose au capitaine ?

Je le supplie mentalement : *Je vous en prie, ne dites rien… S'il vous plaît…*

CHAPITRE 13

Je cligne des yeux, et le moment est passé. Maître Goku prend la lanterne sans parler au capitaine. Il part rejoindre les quartiers des élèves, suivi des deux samouraïs.

Chaque seconde que les samouraïs d'oncle Hidehira passent dans l'école semble durer une éternité. Un mot de Goku et nous serons prises, ma sœur et moi.

Le capitaine donne des ordres à ses hommes. Six élèves sortent précipitamment dans la cour, en tenue complète : kimono, pantalon et plastron. La plupart sont alertes, même si l'un d'eux, endormi, se frotte les yeux. Maître Goku ne revient pas. Après quelques instants, les samouraïs font tourner leurs chevaux et sortent au galop par les portes, avec les élèves qui courent derrière eux.

Les gardes referment les énormes verrous métalliques sur les portes et soufflent les lanternes, laissant la cour dans l'obscurité.

Hana se tourne vers moi avec des yeux écarquillés, le visage pâle comme la lune. « Oncle Hidehira est si près de nous trouver... », semble dire son regard. Elle s'apprête à parler tout fort, quand je secoue légèrement la tête et me tourne vers Tatsuya. Il quitte l'abri des rochers où il était accroupi et s'approche de nous.

Il sent notre peur, je le sais bien, mais il ne dit pas un mot. Il se contente de hocher la tête, comme s'il comprenait, d'une certaine façon, et on repart tous les trois dans les jardins pour regagner nos quartiers.

Je devine d'instinct qu'Hana et moi nous sommes fait un véritable ami. Un qui ne nous trahira jamais.

Les samouraïs ne reviennent pas, mais Hana et moi savons qu'ils sont toujours à notre recherche et cette idée est comme une épée suspendue au-dessus de nos têtes. Je me demande si Goku va nous convoquer ou envoyer des gardes nous arrêter. Mais voyant qu'il ne se passe rien, je commence à penser que le maître ne m'a peut-être pas vue, finalement.

– Je suis sûre qu'il t'a vue, déclare tranquillement Hana quand je lui fais part de mon inquiétude, le lendemain matin, tandis qu'on s'habille. Mais pour des raisons qui lui sont propres, Goku a choisi de ne rien dire.

– Il faudrait qu'on ait un plan, dis-je en enroulant mes cheveux pour me faire un chignon sur le haut de la tête. Si jamais ils fouillent l'école et qu'on n'est pas ensemble, chacune d'entre nous devra essayer de s'échapper séparément et gagner un point de rendez-vous. On s'y attendra pendant un jour et une nuit... et si l'autre ne vient pas, la sœur qui reste devra rejoindre la ville toute seule et retrouver maman.

Hana acquiesce.

– Où est-ce qu'on pourrait se retrouver ? demande-t-elle.

J'y réfléchis un moment.

– La colline où on s'est arrêtées quand on a vu le dojo la première fois, dis-je finalement.

Une fois que ce plan est au point, on s'attelle à nos tâches, en priant pour que maman et Moriyasu, hors des murs de l'école de Maître Goku, continuent d'échapper à notre oncle et à ses hommes.

La lune est chaque jour un peu plus petite ; Hana et moi, on se lève avant l'aube tous les matins et on profite de nos tâches domestiques pour s'assouplir et gagner en adresse. On lave et découpe des légumes pour le déjeuner, on assiste au cours de maniement des armes avec Choji et on pratique la méditation.

De temps en temps, Goku nous invite à un cours avec les élèves, et ce sont les plus intensifs. Sous sa direction attentive, on s'entraîne sans armes ; on apprend les postures de base et le moyen de contrôler nos adversaires en adoptant des positions précises. Nos muscles se renforcent et nos facultés de concentration s'intensifient.

Le soir, Hana et moi retrouvons Tatsuya, qui n'a jamais reparlé de ce qu'il a vu dans la cour, l'autre soir. Ensemble, nous improvisons des combats amicaux pour se montrer ce qu'on a appris dans la journée. Parfois, on va dans le jardin de rocaille nous l'aidons à répéter le *cha no yoriai,* et de temps en temps, on se contente de bavarder. Tatsuya nous raconte des histoires sur le monde d'où il vient, et j'ai de plus en plus envie de lui dire la vérité à notre sujet.

Notre ami a un don pour raconter les histoires. Les récits les plus ordinaires prennent vie grâce à ses descriptions imagées. Un jour, il nous parle d'une invasion de grenouilles qui sont venues vivre dans les fossés autour des rizières. Elles empêchaient les gens du village de dormir toute la nuit à force de croasser.

– Ces grenouilles chantaient bien, je peux vous le dire, précise-t-il avec un rictus. Quelqu'un aurait dû les enfermer dans une boîte, les emmener à Kyoto et les mettre sur une scène. Elles auraient fait un bon divertissement pour plusieurs soirs à la cour impériale !

Ensuite, il imite les grenouilles en train de chanter une chanson à l'empereur et à ses épouses, et ajoute une petite danse.

Pour la première fois depuis notre arrivée au dojo, Hana rit. Elle se couvre la bouche avec la main et glousse jusqu'à en avoir les larmes aux yeux.

Je pourrais serrer Tatsuya dans mes bras pour avoir fait oublier un moment son chagrin à ma sœur.

Un matin, alors qu'on se cache au dojo depuis plusieurs jours, je me réveille à l'instant où la lumière rouge du lever du soleil commence à baigner notre chambre. Je sais que, sur le calendrier des saisons qu'on a chez nous, c'est aujourd'hui le premier jour de la période de *Keichitsu,* qui désigne les « insectes qui émergent de leurs trous ». Je me demande ce que la journée nous réserve.

Hana est déjà debout. Vêtue de son pantalon et de sa veste flottante, elle a mis une paire de *tabi,* ces chaussettes avec une fente entre les orteils, et s'entraîne à faire glisser ses pieds par terre. C'est le *suriashi,* nous a expliqué Tatsuya, une technique que l'un des jeunes maîtres lui enseigne. Un guerrier peut s'en servir pour couvrir n'importe quelle distance sans lever les pieds. De cette façon, il peut rester constamment ancré au sol.

Je cale les mains sous ma tête et je regarde Hana un moment, en m'émerveillant devant la grâce et la simplicité de ses mouvements. Elle a un équilibre parfait et ses pieds sont en contact permanent avec le sol.

Soudain, elle s'aperçoit que je la regarde.

– Oh ! fait-elle – et son sourire creuse des fossettes dans ses joues. Tu es réveillée ! Viens, sors du lit et entraîne-toi avec moi.

Hilare, je me dépêche de me lever et de m'habiller.

Dans la lueur vermeille de l'aube, Hana termine son entraînement au *suriashi* et vient m'aider à me coiffer.

– Tes souvenirs de cette terrible nuit, à la maison, commencent à s'estomper, pas vrai ? me demande-t-elle soudain.

– Comment tu le sais ?

– Parce que tu t'agites de moins en moins dans ton sommeil, et que ça fait trois nuits que tu n'as pas crié, dit-elle en passant le peigne métallique dans mes cheveux longs.

Je me tourne vers elle et je vois qu'elle a un regard soucieux.

– Ne t'inquiète pas pour moi, Hana. Je suis forte.

– Et ce qui t'aide à continuer, c'est de penser qu'un jour on pourra se venger d'oncle Hidehira, ajoute-t-elle avec douceur.

– Oui, ça et l'espoir de retrouver maman et Moriyasu.

Je pense à quelque chose. J'hésite. C'est une idée qui flotte à la lisière de ma conscience depuis plusieurs jours. Mais là, en compagnie d'Hana, elle prend nettement forme et s'impose.

– On devrait essayer de les retrouver, dis-je en lui prenant le peigne. De temps en temps, Choji va en ville avec la carriole pour aller chercher des provisions. On pourrait l'accompagner, jeter un coup d'œil, voir si on peut découvrir où ils se cachent...

Dehors, dans le couloir, des pas précipités viennent vers notre chambre. Hana et moi, on échange un regard horrifié. Quelqu'un vient, et mes cheveux sont encore détachés ! S'il entre, qui que ce soit, il verra sûrement que je suis une fille. Les doigts tremblants dans ma panique, je commence à enrouler mes cheveux pour me faire un chignon de garçon. Hana attrape vite une longue pince métallique et lève la main pour attacher le chignon.

Nous terminons juste à temps. L'instant d'après, on frappe vivement à la porte et Choji l'entrouvre.

– Vite, les gringalets ! aboie-t-il. J'ai besoin de tout le monde à la cuisine immédiatement ! On vient d'apprendre qu'un visiteur important est attendu ici pour le petit déjeuner et le *cha* – et il y a cent choses à faire d'ici là !

Là-dessus, il fait demi-tour et se précipite dans le couloir, cognant à toutes les portes. Hana et moi, on s'empresse de replier nos couvertures et on le suit, le cœur battant.

– Qui est-ce, ce visiteur important ? murmure Hana.

Je secoue la tête, essayant de réprimer mon appréhension. « Le premier jour de *Keichitsu*, chuchote une voix dans ma tête. L'arrivée des insectes... » Je réponds tout bas à ma sœur :

– Je ne sais pas... Peut-être qu'oncle Hidehira a envoyé quelqu'un au dojo ?

À la cuisine, Ko est déjà au travail. Des piles de légumes s'entassent sur la grande table en bois, devant lui, et une rangée de couteaux de cuisine jette des éclats dans la lumière du petit matin. Un autre serviteur est agenouillé devant le brasero et souffle sur le charbon fumant pour l'embraser.

Choji nous tend deux grands seaux, à Hana et moi.

– Vous, nettoyez chaque sentier dallé au sein du dojo, et veillez à ce qu'il n'y ait pas un grain de sable ou de poussière dans les galeries.

– Qui vient ? je demande en m'efforçant de parler d'un ton dégagé.

Mais Choji s'éloigne en hâte, trop occupé pour répondre.

Quand il est parti, Ko cesse de découper ses légumes et se penche vers nous au-dessus de la table.

– Il paraît que c'est le nouveau jito qui vient, chuchote-t-il.

– Le nouveau jito ? je répète d'une petite voix.

Ko acquiesce et désigne l'autre serviteur, qui est toujours à genoux en train d'essayer de ranimer le feu.

– Sato était dans la cour principale quand le messager est venu, explique-t-il. Il a entendu ce qu'il a dit... Le seigneur intendant Yoshijiro est mort ! Et maintenant, Maître Goku doit prêter serment d'allégeance au nouveau jito, le seigneur Hidehira !

Il secoue la tête.

– Ken-ichi va être absolument insupportable quand il connaîtra le nouveau statut de son père.

À cet instant, Choji revient en trombe dans la cuisine. Ko baisse le nez et se remet à découper.

Moi, je reste plantée là, hébétée. « Le seigneur Hidehira... » Rien que d'entendre le nom de mon oncle me donne la nausée. À côté de moi, Hana est devenue blanche comme une fleur de lotus. Son visage a perdu sa sérénité, et je sais que le sentiment de sécurité et de confort bâti ces derniers jours nous a été arraché dès l'instant où Ko a prononcé le nom de notre oncle.

Je touche délicatement les doigts de ma sœur du bout des miens. Elle me regarde dans les yeux. La violence de ses émotions n'est que trop visible.

Choji surgit inopinément, troublant notre moment de complicité.

– Venez, les gringalets ! Remplissez les seaux et mettez-vous au travail. On n'a pas le temps de rester plantés comme des idiots à gober les mouches !

Pendant que je file à l'autre bout de la cuisine pour verser de l'eau dans les seaux, les questions se pressent dans ma tête. Ko a dit qu'oncle Hidehira venait ici pour que Maître Goku lui prête serment d'allégeance. Mais y a-t-il une autre raison ? A-t-il deviné, je ne sais comment, que c'est ici qu'on se cache ?

Les mains crispées sur les poignées des deux seaux, j'entraîne vivement Hana hors de la pièce.

– Oncle Hidehira vient ici... chuchote-t-elle pendant qu'on se dirige vers le premier sentier dallé. Et s'il nous reconnaît ? Oh, Kimi !

À l'autre bout des jardins, je vois que les galeries de bois sont remplies d'élèves rassemblés en petits groupes silencieux. Certains chuchotent entre eux. Il est clair que toute l'école est au courant qu'un visiteur important est attendu.

– Nous devons rester calmes, dis-je à Hana tandis qu'on coupe par le jardin de rocaille. Oncle Hidehira n'a aucune raison de nous chercher ici. N'oublie pas que ses samouraïs sont déjà venus et n'ont rien trouvé.

Elle acquiesce.

– On ne s'approchera pas de lui et tout ira bien.

– Si, on va s'approcher, dis-je avec fermeté.

Hana écarquille les yeux de surprise et secoue la tête. Je l'interromps :

– C'est notre occasion, Hana. On peut enfin se venger de lui. On peut le montrer sous son vrai jour et restaurer l'honneur de la famille Yamamoto !

– Et comment on va s'y prendre ? demande Hana tandis qu'on commence à verser de l'eau sur les sentiers et à balayer les feuilles et la terre.

Je m'immobilise en haut des marches et je regarde à gauche et à droite, pour vérifier que personne ne peut nous entendre.

– Je vais attendre le bon moment, dis-je tout bas. Et ensuite, je vais le transpercer avec un poignard, exactement comme il l'a fait à papa.

– Mais tu n'as pas de poignard, réplique Hana.

– Oh que si.

Hana s'étrangle quand je glisse la main dans les plis de ma veste et que j'en ressors l'un des couteaux de cuisine hypertranchants de Choji. Je l'ai volé sur la table pendant que personne ne regardait.

Sa lame scintille dangereusement dans les rayons éclatants du soleil.

CHAPITRE 14

– Tu n'oserais pas t'en servir contre notre oncle, n'est-ce pas, Kimi ? demande Hana avec angoisse.

– Si, je réponds d'un ton amer. On s'est entraînées pour être préparées... pour pouvoir attaquer vite, dès le moment venu. Et le moment est presque arrivé, Hana.

Ma sœur acquiesce.

– Il faut le faire. Pour notre père et nos frères.

Je soupèse le couteau dans ma main, tâtant la poignée de bois lisse. De tous les ustensiles de cuisine de Choji, celui-ci est mon préféré. La lame a été affûtée si souvent qu'elle est plus fine et plus biseautée que tous les autres couteaux, mais elle tranche facilement le bambou le plus coriace.

Une fois qu'on a nettoyé toutes les galeries, on file se placer avec les autres serviteurs pour assister à l'arrivée de notre oncle. La cour principale est bordée d'élèves vêtus d'un kimono marron impeccable et d'un large pantalon noir de cérémonie, un *hakama*. Nombre d'entre eux, débordant de curiosité au sujet de ce visiteur important, sont encore en train de chuchoter.

Je repère Tatsuya, qui est avec un des jeunes maîtres. Non loin de lui, Ken-ichi plaisante et rigole avec ses deux amis. Les monumentales portes de l'école ont été ouvertes en grand. Des sentinelles stationnent au garde-à-vous de chaque côté de l'entrée, leur lance à la main.

Maître Goku se tient sous l'arche de pierre, à l'autre bout de la cour, vêtu d'un kimono de cérémonie. Ses cheveux gris sont huilés et bien coiffés. Il attend sans parler, calmement, le visage indéchiffrable et les mains cachées dans les larges manches brodées de son kimono.

Soudain, la sonnerie d'une trompe en corne retentit, annonçant l'approche du jito. Le silence retombe parmi les élèves rassemblés dans la cour. Les gardes postés à l'entrée se redressent et regardent droit devant eux, la longue pointe de leur casque en métal tournée vers le ciel.

Aussitôt, au moins trente samouraïs débarquent au galop dans la cour, leurs épées luisantes et leurs carquois remplis de flèches leur hérissent le dos. Derrière eux, un palanquin richement orné, laqué de noir, arrive sur les épaules de quatre porteurs en livrée de soie rouge. Je le reconnais immédiatement, avec ses bas-reliefs, ses décorations à la feuille d'or et ses rideaux en soie blanche qui ondulent dans la brise. C'est celui de mon père, qui l'utilisait pour toutes les cérémonies d'État et autres occasions auxquelles il assistait en tant que jito.

Le cœur douloureux, je regarde les porteurs et le palanquin s'arrêter au milieu de la cour. D'autres samouraïs à cheval franchissent les portes, venant grossir les rangs pour arriver jusqu'à soixante ou peut-être quatre-vingts. Comment vais-je pouvoir m'approcher suffisamment de mon oncle pour mettre mon plan à exécution, parmi tant de serviteurs ?

Je me pose encore la question quand les rideaux du palanquin s'ouvrent et que le jito apparaît. Un vent de surprise agite les élèves rassemblés, et je devine qu'ils s'attendaient à voir mon père, le seigneur Yoshijiro.

Retenant mon souffle, j'examine mon oncle. Il porte un kimono en soie rouge, et ses cheveux noirs ont été rasés au-dessus des sourcils, rassemblés dans une queue-de-cheval huilée et repliée sur le haut de la tête. Deux épées sont accrochées à sa taille.

Vu de l'extérieur, il semble être celui qu'il a toujours été... mais il a quelque chose de différent, maintenant qu'il est jito. Il se tient fièrement, la tête droite ; visiblement, il n'éprouve pas l'ombre d'un remords pour ce qu'il a fait. En l'observant, j'acquiers la profonde conviction que, au moment nécessaire, je n'hésiterai pas à frapper.

Je serai aussi impitoyable qu'il l'a été avec mon père et mes frères.

Le regard d'oncle Hidehira balaie la cour, sondant les visages des élèves et des maîtres rassemblés. Je me rabats vivement derrière Ko et Choji, en entraînant Hana.

La vue de mon oncle m'est insupportable, alors je reporte mon attention vers Ken-ichi. Et je devine en voyant son air ébahi qu'il s'attendait à voir mon père descendre de l'attelage, et pas le sien. Son visage stupéfait ne tarde pas à s'assombrir, affichant un air horrifié comme s'il avait peur de son père. Mais cette expression-là aussi s'estompe, remplacée par de la curiosité, puis de l'arrogance. Ken-ichi se rend compte qu'il est important, à présent – il n'est plus seulement le neveu du jito, mais le fils du jito !

Oncle Hidehira fouille toujours l'assistance de son regard glacial. Puis il repère Ken-ichi et lui fait signe de sortir de la foule.

Ken-ichi traverse la cour pour venir se placer à côté de son père. Ils se saluent solennellement.

– Tu es mon fils et mon héritier, Ken-ichi, dit mon oncle. Regarde-moi. Tires-en des leçons. Et un jour, tu seras le jito à ton tour et tu viendras recevoir l'allégeance des élèves samouraïs.

Certains élèves peinent à dissimuler leur dégoût ; d'autres regardent Ken-ichi avec un respect nouveau.

– Merci, père, dit celui-ci en s'inclinant une deuxième fois.

Quand il retourne auprès de ses amis, il a l'air encore plus supérieur et content de lui qu'avant.

« Pas pour longtemps, cousin, me dis-je. Bientôt, je révélerai que ton père est un assassin. On verra si tu as encore l'air supérieur, à ce moment-là ! »

Maître Goku s'avance. Son kimono ondule dans son dos. Il s'arrête à cinq pas de mon oncle et le salue bien bas.

– Je vous souhaite la bienvenue au dojo, Yamamoto no Hidehira, seigneur intendant du shogun, dit-il d'une voix calme et mesurée. Je vous offre ma loyauté, ainsi que celle de mes élèves et de mes serviteurs. Et je vous offre mon épée...

En s'agenouillant, le maître dépose son long *nihonto* aux pieds de mon oncle. Il pose les mains à plat par terre et se baisse jusqu'à ce que son front touche le sol, juste devant le fourreau orné.

Mon oncle regarde, l'air flatté. Il le salue, puis fait signe à Maître Goku de se lever.

– Merci, Maître, dit-il de sa voix grave et sonore. J'accepte votre allégeance et je sais que, lorsque le moment sera venu, vous manierez votre épée avec sagesse au nom de la maison Yamamoto.

Maître Goku remet son épée dans sa ceinture, se lève et, quand il s'incline de nouveau, pose les mains sur ses cuisses et rapproche les index en signe de respect.

– Lorsque le moment sera venu, répète-t-il.

Mais sa voix est étrangement neutre et je sens une résistance, chez lui, comme s'il espérait secrètement que le moment de se battre au nom de mon oncle n'arriverait jamais.

Une fois les formalités terminées, Maître Goku congédie les élèves et les maîtres en leur disant de bien travailler leur spécialité, parce que le jito visitera l'école un peu plus tard dans la matinée. Oncle Hidehira et lui s'éloignent d'un pas tranquille dans la cour et se dirigent vers l'arche de pierre qui mène au jardin de mousse.

La plupart des samouraïs restent ici, mais, sur un signal de mon oncle, deux d'entre eux mettent pied à terre, lancent leurs rênes à un fantassin et suivent le maître et le jito à distance respectueuse.

Choji se tourne vers nous.

– Venez avec moi dans le pavillon du thé, les gringalets ! Je vais avoir besoin d'aide pour le service.

J'échange un coup d'œil inquiet avec Hana. De si près, notre oncle nous reconnaîtra sûrement, non ? On va devoir être invisibles, se déplacer comme des *kami* – des esprits – dans la pièce, en espérant que le nouveau jito ne nous accordera pas un regard.

On ne peut pas se permettre d'attirer l'attention sur nous avant que j'aie eu l'occasion d'accomplir notre vengeance.

On suit le petit groupe d'hommes dans le jardin de mousse et jusqu'au pavillon du thé. Le soleil matinal est monté au-dessus des arbres, et le sentier de cailloux blancs est moucheté d'ombres. Maître Goku et mon oncle s'arrêtent pour retirer leurs sandales avant de monter les quatre marches en bois qui mènent au pavillon du thé. Les deux samouraïs se postent de chaque côté de l'entrée, la main sur la poignée de leur épée et les yeux plissés, fixés droit devant eux.

À la suite de Choji, je passe prudemment entre les deux soldats et j'entre dans le pavillon avec Hana à mes côtés.

Bien que les portes restent ouvertes derrière nous, les panneaux coulissants des cloisons sont tous fermés et je cligne des yeux une fois ou deux pour m'habituer à l'obscurité qui règne à l'intérieur.

Le sol est richement tapissé de tatamis verts tout propres ; dix en tout, ils correspondent pile aux mesures de la pièce. Dans un coin, un camélia disposé dans un grand vase emplit l'air de son parfum délicat. Deux coussins ont été placés de part et d'autre d'une table basse laquée d'or où l'on a placé des bols et des louches pour le *cha no yoriai*. Un chaudron est pendu à son crochet au-dessus d'un brasero.

Maître Goku et mon oncle s'agenouillent sur les deux coussins, les talons bien rangés sous les cuisses. Oncle Hidehira fixe le maître, qui respire la force et l'autorité, de l'autre côté de la table. Maître Goku soutient son regard sans ciller.

Il y a un moment de tension ; puis le maître incline la tête dans un demi-salut et se tourne vers Choji.

– Du *cha*, s'il vous plaît, monsieur Choji, dit-il calmement.

– Oui, Sensei.

Choji ajoute à l'intention d'Hana :

– File aux cuisines et demande à Ko de préparer un plat de riz et de tofu, dit-il à voix basse.

– Oui, Choji, répond Hana respectueusement, en prenant une voix encore plus grave et masculine que d'habitude.

Elle s'incline et, quand elle se détourne pour se diriger vers la porte, son regard croise le mien pendant un moment intense. Je sais qu'elle m'envoie un message de soutien muet.

Une fois qu'elle est partie, l'intendant se tourne vers moi.

– Mets-toi derrière le jito, dit-il. S'il a besoin de quelque chose, tu iras le chercher.

Je hoche la tête et je gagne ma place avec légèreté. Je suis tellement près de mon oncle que je sens l'odeur de l'huile de ses cheveux. Je le regarde plonger la main dans sa large manche et en sortir un petit éventail en bambou. Il le déploie et commence à s'éventer lentement, sans lâcher Maître Goku des yeux.

– J'espère que vous allez bien, Maître? demande-t-il.

– Très bien, merci, répond Maître Goku.

– Vous n'avez pas le projet de prendre votre retraite ? De vivre les années de votre crépuscule dans un pavillon confortable avec vue sur les mers orientales ?

– Non, je n'ai pas ce genre de projets, dit paisiblement Maître Goku. Ma place est ici, au dojo, et sera toujours ici.

– Je suis content de l'entendre.

Pendant le silence qui suit, ils regardent Choji s'agenouiller pour servir le thé d'une main experte et gracieuse. Mon oncle se penche pour prendre le bol qu'on lui tend sans trembler. J'étudie la façon dont son kimono ondule quand il bouge. Je me concentre sur l'endroit de son dos, juste en dessous de la cage thoracique, où je pourrais plonger ma lame: la chair est tendre sous la soie rouge. Je garde cette cible à l'esprit.

– J'ai de grands projets pour étendre mon pouvoir, annonce mon oncle à Maître Goku tandis que Choji bat en retraite. Et pour ça, j'aurai besoin de votre aide. Je veux une armée de samouraïs qualifiés qui se batte pour moi – des samouraïs formés dans votre école, Maître. J'ai décidé que vous alliez prendre cinquante élèves de plus. Vous pouvez immédiatement vous mettre en quête des meilleurs candidats.

Maître Goku semble près de s'étouffer avec son thé.

– Cinquante élèves ? répète-t-il, stupéfait. Mais l'école est déjà pleine. Je n'ai pas de place pour d'autres élèves !

– De la place, vous en ferez, réplique sèchement mon oncle.

Il lève son bol de thé et boit une gorgée de *cha*.

– Vous allez construire d'autres salles d'entraînement... agrandir les cours... engager plus de serviteurs et de professeurs. C'est très simple, en fait.

– Simple, peut-être. Mais pourquoi tant de hâte, seigneur Hidehira ? Pour agrandir votre territoire, il faudra faire la guerre, confisquer les terres d'autres jito...

– Je ne vois pas le problème, l'interrompt mon oncle avec agacement.

Maître Goku n'arrive pas à le croire.

– Mais...

– Ça suffit ! coupe mon oncle. Vous oubliez quelle est votre place, Maître Goku. Je ne laisserai pas un de mes sujets contester mes décisions.

Le maître paraît choqué, mais il se ressaisit très vite.

– Votre frère, le seigneur Yoshijiro, n'aurait jamais...

– Mon frère est mort, lance mon oncle d'une voix dure, presque tonitruante. Ce qu'il a fait ou n'a pas fait appartient au passé. C'est moi qui détiens le titre, désormais, et j'entends diriger mes terres d'une main ferme à partir de maintenant. Yoshijiro était trop laxiste, trop lent, toujours prudent avec les autres jito et à la cour, toujours courtois. Je n'ai pas les mêmes intentions.

En l'écoutant, je bouillonne de rage. Maître Goku reste parfaitement calme.

– J'ai été navré d'apprendre le décès de votre frère. C'était un homme sage.

– C'était un imbécile, ricane mon oncle. *Koishi.* Petit caillou ! Je le méprisais tellement...

– Et vos neveux, Harumasa et Nobuaki ? demande Maître Goku. Est-ce qu'ils vont revenir s'entraîner au dojo ?

Mon oncle se penche vers lui.

– Ils sont morts avec leur père. Il ne reste plus personne pour prétendre au titre de jito, et si vous contestez encore une fois mon autorité, vieillard, je vous tuerai de mes propres mains.

Mon cœur se serre de voir à quel point mon oncle a changé de visage. Il ne prend plus la peine de faire semblant. Maintenant que son masque est tombé, je vois à quel point il est odieux et cruel, en vérité.

Je ne peux plus me contenir. Je jette un coup d'œil aux deux samouraïs postés devant la porte, mais ils sont hors de mon champ de vision. Vite, je fouille dans ma veste et je referme la main sur la poignée en bois lisse du couteau.

Le moment est venu.

Je vais enfin avoir ma vengeance !

CHAPITRE 15

Je suis tendue, prête à attaquer, quand la voix paisible de Maître Goku me distrait de ma fureur :

– Kagenashi.

En l'entendant prononcer mon nom d'adoption, je me fige. Je croise son regard et je vois que ses yeux sont durs comme le jade.

– Va à la cuisine et rapporte des plats pour notre hôte éminent, dit-il sèchement.

J'hésite, la main serrée sur le manche du couteau.

Puis-je laisser passer ce moment ?

Tue-le maintenant, me presse une voix dans ma tête. *Tue Hidehira ! Avant qu'il voie ton visage et découvre qui tu es. Tu n'auras peut-être pas d'autre chance.*

Maître Goku répète :

– Kagenashi...

Mon oncle, qui perçoit soudain la tension sous-jacente dans la pièce, cesse de s'éventer et se tourne à demi vers moi. Ma main se resserre sur le poignard.

Dans le même temps, une voix tranquille s'infiltre dans mon esprit: *Le tuer ici, en présence de Maître Goku, jetterait un immense déshonneur sur le dojo.* Je suis toujours incertaine, mais je finis par retirer ma main, laissant mon couteau où il est.

Je jette un coup d'œil à Maître Goku. Il hoche la tête avec une expression indéchiffrable.

À cet instant, le seigneur Hidehira se retourne pour me regarder.

Vite, je m'incline profondément pour cacher mon visage. Mon oncle m'a-t-il reconnue?

Le cœur battant, j'attends pendant un moment atroce. Enfin, mon oncle se détourne et recommence à s'éventer paresseusement.

– Du riz et du tofu me feraient du bien après mon voyage.

– Va aux cuisines immédiatement, me dit Maître Goku. Envoie Ko ici à ta place.

En gardant la tête basse, je sors lentement du pavillon du thé. Une amère frustration s'empare de moi, mais aussi un sentiment de honte. J'ai été si près de jeter le déshonneur sur le dojo – et Maître Goku le savait.

Les samouraïs qui gardent l'entrée ne me regardent même pas quand je dévale les marches et file dans la galerie en direction des cuisines. Je manque percuter Hana de plein fouet; elle porte un grand plateau carré chargé de petits bols: riz blanc, tofu crémeux, ainsi qu'un délicat flacon de sauce de soja.

– Kimi ! s'écrie-t-elle. Tu l'as fait ?

– Je n'ai pas pu !

Je me plie en deux et pose les mains sur mes genoux, honteuse de mon échec.

Hana ouvre de grands yeux.

– Qu'est-ce qui s'est passé ?

Elle pose vite son plateau sur un rocher voisin et me serre dans ses bras.

– Je n'ai pas pu le faire... Je n'ai pas pu le faire... je lâche. Goku m'a regardée... et il... il... !

Hana me prend les coudes pour me forcer à me redresser.

– Il a deviné, pas vrai ?

J'acquiesce ; je peux à peine respirer.

– J'avais le couteau dans la main, Hana. J'y étais presque ! Oncle Hidehira était juste là, devant moi. Je me tenais derrière lui ; j'avais repéré le meilleur endroit où frapper... mais le maître m'a appelée et m'a regardée dans les yeux. Il savait ce que j'allais faire... Et tout d'un coup, j'en ai été incapable ! Je ne pensais plus qu'au déshonneur que ça jetterait sur le dojo.

Je me cramponne désespérément à Hana, quand une autre idée me vient à l'esprit.

– Et si Maître Goku dit à oncle Hidehira que l'un des serviteurs a essayé de le tuer ? Je serai traînée dans la cour et notre oncle m'exécutera avec son épée.

– Non ! s'écrie Hana.

– Tu sais bien que si.

J'inspire profondément, soudain plus calme.

– Hana, écoute-moi. Si oncle Hidehira me fait tuer, me promets-tu de te venger ? Pas pour moi, mais pour notre père et nos frères. Et promets-moi de protéger maman et Moriyasu.

– Je te le promets, dit résolument Hana. Tu sais que je n'aurai pas de repos tant que notre oncle ne sera pas mis hors d'état de nuire. Mais Kimi... je pense que Maître Goku ne dira rien.

Malgré ses paroles rassurantes, j'ai l'estomac noué d'angoisse à l'idée que Maître Goku dise à notre oncle ce qu'il a vu. Mais le reste de la journée se déroule sans incident, et je devine que le maître a gardé le silence. Notre oncle visite le dojo, prenant la mesure du niveau des élèves avec Ken-ichi à ses côtés. Ensuite, une fois qu'oncle Hidehira est remonté dans le palanquin et a quitté le dojo, Ken-ichi se comporte comme si c'était lui, le jito, en l'absence de son père.

Ce soir-là, il se balade dans les cours et les salles d'entraînement flanqué de ses deux amis, qui l'encadrent comme des gardes du corps. Il répète à qui veut l'entendre qu'il est l'héritier du jito et qu'il l'engagera dans son armée de samouraïs, un jour.

– Qu'est-ce que tu en dis ? Hein, Tatsuya ? demande-t-il en interrompant son camarade, qui répète les mouvements d'un *kata* dans la salle d'entraînement principale. Tu me feras serment d'allégeance, non ?

Tatsuya s'incline.

– Je serai à tes ordres... si je reste dans la région, dit-il avec précaution. Toutefois, quand j'aurai terminé ma formation, je déciderai peut-être de voyager dans le royaume du Japon pour aller proposer mes services ailleurs.

Le visage de Ken-ichi se tord de colère.

– Tu ne trouveras pas de seigneur plus estimable qu'un Yamamoto, jette-t-il sèchement. Mon père est le meilleur samouraï du monde. Il a tué le seigneur Yoshijiro lors d'un duel ! C'est lui qui me l'a dit.

Hana et moi sommes à l'autre bout de la salle, en train d'allumer les lanternes qui se balancent sur leurs hauts pieds en métal, mais je m'interromps pour écouter quand j'entends Ken-ichi parler d'un duel. Comment ça, un duel ? Il n'y a pas eu de duel. Rien qu'un meurtre éhonté...

– L'ancien jito a invité mon père à un *kaiseki ryori*, raconte Ken-ichi à Tatsuya. Mais cette célébration amicale s'est révélée être une embuscade. Le seigneur Yoshijiro était devenu fou et l'a attaqué sans raison, comme un chien enragé ! Mon père a été obligé de se défendre.

Je regarde Ken-ichi avec stupeur, du fond de la salle, et je sens la rage monter en moi. Je voudrais hurler : « Mensonges ! »

– Et quand mon père l'a vaincu et lui a proposé une mort honorable, en s'ouvrant le ventre pour faire *seppuku* et mourir purifié par la douleur... le seigneur Yoshijiro a refusé ! continue Ken-ichi.

Il pouffe avec dégoût.

Hana pose une main sur mon bras pour me retenir.

De l'autre côté de la salle, Tatsuya paraît intrigué.

– Qu'est-il arrivé au reste de la famille du seigneur Yoshijiro ?

– Ils sont morts, répond brièvement mon cousin.

– Tous ?

Tatsuya n'en revient pas.

– Les femmes et les enfants, ainsi que tous les serviteurs, lui dit Ken-ichi. Comme le veut la noble tradition, la maisonnée tout entière a été passée aux armes pour sa complicité avec ce traître de seigneur Yoshijiro.

Tatsuya semble choqué.

– Les nobles ont de drôles de traditions.

Ken-ichi hausse les épaules. Il tourne les talons et s'éloigne d'un air important dans la salle d'entraînement. Il a l'air d'un paon. Les autres élèves s'écartent vite de son chemin ; certains s'inclinent profondément sur son passage.

J'ai un mal fou à me retenir de foncer sur lui et de l'attaquer. Je voudrais le griffer et le frapper du tranchant de la main comme si c'était une lame de couteau.

Soudain, j'ai une vision : toute mon énergie fuse dans ma jambe et mon pied lui percute violemment la mâchoire, lui enfonçant les dents. Du sang rouge vif éclabousse le parquet ciré de la salle d'entraînement...

Une voix sévère m'arrache à ma rêverie. Je me retourne. Maître Goku est debout devant moi.

– Kagenashi et Otonashi, dit-il. Suivez-moi dans la salle de méditation.

Il s'éloigne à grands pas. Hana et moi échangeons brièvement un regard inquiet, puis nous le suivons. Sous mon crâne, c'est la tempête. Goku a-t-il deviné que je voulais attaquer le fils du jito ? Ou, pire, va-t-il me dire qu'il n'a pas le choix, qu'il doit informer mon oncle du fait que j'ai failli sortir un couteau dans le pavillon du thé, tout à l'heure ? Va-t-il nous renvoyer du dojo ?

Quand on arrive dans la salle de méditation, j'ai les mains tremblantes. Je les cache dans mes manches. Maître Goku me regarde.

– Allumez les lanternes et faites brûler un bâtonnet d'encens, dit-il d'un ton neutre. Nous allons méditer.

Je m'incline, tâchant de maîtriser ma peur, et on s'exécute. Ensuite, Maître Goku nous fait signe de nous asseoir au milieu de la pièce, côte à côte. Il prend place en face, arrange son kimono noir autour de lui et garde le silence pendant un moment. Il a les yeux fermés et sa respiration est lente et régulière. Hana et moi, on met les mains sur les genoux, paumes vers le ciel, et on laisse nos paupières se fermer.

L'atmosphère paisible et le parfum suave de l'encens sont un véritable baume. Je sens Hana se détendre à côté de moi, l'esprit apaisé, mais je suis nerveuse et je n'arrive pas à me calmer. J'essaie de compter en respirant, comme le maître nous a appris à le faire, mais le calme se refuse à moi. J'ai le cerveau en ébullition.

Qu'est-ce qu'on fait ici ? Maître Goku nous a-t-il convoquées pour nous tenir à l'œil pendant que des gardes rejoignent le jito au galop et l'avertissent de notre trahison ?

– Calme-toi, Kagenashi, dit Goku.

Et j'arrive enfin à me détendre et à entrer en méditation.

Je ne sais pas combien de temps nous restons assis sans parler, mais quand je rouvre les yeux, le long bâtonnet d'encens s'est entièrement consumé ; il ne reste plus qu'un filet de cendres gris-brun à la place. Il doit être près de minuit, et j'ai l'impression que nous sommes les trois seuls à être réveillés dans un monde endormi.

Maître Goku m'observe. Je me force à affronter son regard, résignée à l'idée qu'il me livre au jito, puisqu'il lui est inféodé.

Au bout d'un moment, son regard se pose sur Hana.

Ils semblent parler en silence, comme s'ils pouvaient communiquer par les yeux sans prononcer le moindre mot. De temps en temps, Maître Goku hoche la tête et, au bout d'un moment, je vois des larmes monter aux yeux d'Hana. Elle se met à respirer plus fort, puis une larme déborde et roule sur sa joue, laissant une trace scintillante sur sa peau. Malgré sa détermination, ma sœur craque et finit par pleurer.

Maître Goku se penche vers elle et lui prend la main.

– Tu es à l'abri, maintenant, mon enfant, dit-il avec douceur. Personne ne te fera de mal ici. Tu es cachée, et tu le resteras le temps qu'il faudra.

Sans lâcher la main d'Hana, il se tourne vers moi et incline respectueusement la tête.

– Étant les filles du seigneur Yoshijiro, vous avez mon allégeance, dit-il tout bas. Tant que je serai là, vous aurez une épée pour prendre votre défense, un toit pour vous abriter et de quoi vous sustenter.

Je le considère avec stupeur, à la fois sous le choc et follement soulagée.

– Vous savez qui nous sommes ? je demande, le souffle court et le cœur battant.

– Je m'en doutais. Je savais qu'il se passait quelque chose de bizarre, le jour où vous vous êtes présentées à ma porte, mais je n'étais pas encore sûr de votre identité, à ce moment-là. Je croyais que vous étiez des garçons... même si j'ai deviné que vous aviez quelque chose de spécial. Je vous ai observées et j'ai été impressionné par vos capacités, mais aussi par votre humilité.

– Mais... Mais *comment* vous le savez ?

Je n'arrive pas à comprendre à quel moment on a pu se trahir.

– Je vous ai vues dans l'ombre, la nuit où les samouraïs sont venus. Ça n'a pas été difficile de faire le rapprochement avec les soi-disant serviteurs qu'ils cherchaient.

Il sourit gentiment.

– Un enfant de six ans ordinaire ne préoccuperait pas les gardes du jito. Et comme on avait déjà refusé une audience à mon messager, cela a confirmé mes soupçons. J'ai deviné qu'il y avait eu une lutte de pouvoir et que la famille du seigneur Yoshijiro s'était échappée. Le garçon qu'ils cherchaient devait être le plus jeune héritier.

Je hoche la tête. Rien ne lui a échappé.

– Je suis Yamamoto no Kimi, dis-je en m'inclinant jusqu'au sol. Et voici ma sœur, Hana. Nous sommes les filles du seigneur Yoshijiro.

– Avec moi, votre secret sera bien gardé, Kimi et Hana.

Maître Goku marque une pause.

– Je vais vous demander quelque chose, à présent, mais j'ai peur que ce soit douloureux pour vous... Accepteriez-vous de me révéler ce qui s'est passé, en vérité, la nuit où votre père est mort ?

Mon ventre se noue, mais j'acquiesce avec détermination.

– Vous avez été si bon pour nous, nous vous en sommes reconnaissantes. Je vais vous le raconter.

Quand je parle, je ne reconnais pas ma voix ; elle est calme et posée, malgré la rage qui bout en moi. Je lui dis tout.

– Mais maintenant que vous savez qui nous sommes, j'imagine que vous ne pouvez pas continuer à nous héberger, je termine. Pour un samouraï, après tout, c'est contraire au *bushi*, le code du guerrier, de donner refuge à l'ennemi de son maître.

Maître Goku secoue la tête.

– Je ne vais pas vous mettre dehors. Pour deux raisons. D'abord, s'il est vrai que votre frère Moriyasu est en vie, le seigneur Hidehira n'est pas le vrai jito, car le titre revient au fils tant qu'il n'a pas été vaincu. Par conséquent, Hidehira n'est pas mon maître. D'autre part, en tuant votre père, il a lui-même enfreint le *bushi*. Je ne dois aucune loyauté à un assassin.

Ce que je suis soulagée ! Nous n'allons pas être obligées de reprendre la fuite.

– Merci, Maître Goku, soufflons-nous toutes les deux en nous inclinant profondément, le bout des index joints pour montrer notre grand respect.

Hana se redresse, essuie ses larmes du revers de sa manche et rabat quelques mèches d'un noir soyeux qui se sont échappées de son chignon.

– Comment notre oncle a-t-il pu faire ça à notre famille ? dit-elle à voix basse.

Maître Goku soupire.

– Je me souviens d'Hidehira et de Yoshijiro à l'époque où ils fréquentaient cette école. Dans leur jeunesse, ils étaient inséparables. On n'en voyait jamais un sans l'autre. Mais quand ils ont grandi, il est devenu évident que Yoshijiro était plus habile au combat et plus sérieux dans ses études. Il a gagné le tournoi trois années de suite ; à chaque fois, il l'emportait contre son frère aîné lors de l'épreuve finale. Son père – votre grand-père – ne tarissait pas d'éloges à son sujet et, à force, Hidehira est devenu jaloux. Il avait le sentiment que son père lui préférait injustement le fils cadet.

À l'autre bout de la salle, une lanterne vacille, faisant danser les ombres sur les murs.

– Quand votre grand-père a désigné Yoshijiro comme successeur, continue Maître Goku, Hidehira a dû être profondément blessé. Je lui en ai parlé ici même, dans cette pièce. Mais il a dissimulé sa colère et sa douleur, et m'a convaincu qu'il soutiendrait Yoshijiro.

Goku fronce les sourcils en regardant les ombres tremblotantes comme si c'étaient les ombres du passé.

– Ce jour-là, j'ai vanté sa dignité et son humilité. Mais à présent, je suis obligé de me demander s'il préparait déjà sa terrible vengeance.

On garde le silence un moment, tous absorbés par nos pensées et nos souvenirs d'Hidehira.

– Qu'avez-vous l'intention de faire, maintenant? demande finalement Maître Goku.

– Nous voulons retrouver maman et Moriyasu, dis-je.

Je lui parle du message que nous avons découvert dans le vieux temple de la forêt, et j'ajoute:

– Nous pensons qu'ils ont peut-être rejoint la ville. Ils pouvaient se cacher facilement, là-bas.

Maître Goku y réfléchit un moment.

– C'est facile de cacher deux personnes, dit-il enfin, mais pas quatre. Pour votre sécurité, aussi bien que pour celle de votre mère et de votre frère, je vous conseille vivement de rester ici, sous ma protection, le plus longtemps possible. Et peut-être qu'un jour vous pourrez rétablir la justice.

La lanterne vacille de nouveau. Hana me prend la main.

– Attention, Kimi, je ne parle pas d'un meurtre, continue Maître Goku en me jetant un regard sévère. Il n'y a pas de place pour le meurtre dans le code *bushi.* Attaquer le seigneur Hidehira par-derrière, avec un couteau dissimulé, serait déshonorant et lâche. En commettant un acte pareil, tu te montrerais aussi perfide que lui.

– Mais mon oncle mérite de mourir pour ce qu'il a fait! je proteste.

– Peut-être, répond calmement Maître Goku. Mais tu ne l'assassineras pas d'un coup de couteau dans le dos lors d'un *cha no yoriai.* Et tu n'attaqueras pas son fils avec les pieds et les poings.

Honteuse de ce que j'ai voulu faire, je me jure de ne jamais suivre la voie de la trahison et du déshonneur.

– Non, poursuit le maître, si tu souhaites restaurer l'honneur de ta famille, tu dois provoquer le seigneur Hidehira ouvertement. Tu dois l'affronter à la loyale.

J'inspire profondément.

– Vous avez raison, Sensei. Je me battrai en duel contre mon oncle et je gagnerai. S'il en sort vainqueur, tant pis.

– Exploite tes dons naturels, reste concentrée et focalise-toi sur l'entraînement.

Maître Goku se tourne vers Hana.

– Même si Poing Silencieux n'est pas ton vrai nom, il était vraiment bien choisi. Ton adversaire sait rarement quand tu vas frapper, et d'où viendra le coup. Il faut que tu perfectionnes ce talent.

Il sourit et le coin de ses yeux se plisse.

– Et toi, Pied Sans Ombre, me dit-il, comme l'envie de décocher un coup de talon te démange, je vais te donner un objectif. Demain, quand tu auras terminé ton travail et que monsieur Choji te libérera, va dans la petite cour, derrière le jardin de rocaille. Au milieu, il y a un saule mort, mais dont les racines sont solides.

– Oui, je l'ai vu.

Je me demande pourquoi il en parle.

– J'aimerais que tu abattes cet arbre d'un seul coup de pied, dit-il. Ton oncle est l'un des guerriers les plus puissants du Japon. Quand il était élève ici, autrefois, le seul à pouvoir le surpasser était ton père... Il faut que tu comprennes qu'Hidehira ne sera pas facile à battre. Mais tu es bien la fille de ton père, Kimi. Avec de l'expérience et de l'entraînement, tu pourrais devenir un combattant exceptionnel. Abats le saule, et tu te rapprocheras de ton but : atteindre le niveau d'Hidehira au combat.

Je hoche la tête, décidée à aller voir cet arbre demain matin, dès que j'aurai terminé mon travail.

– Vous vous entraînerez dur toutes les deux, reprend Maître Goku. Et moi, pendant ce temps, je ferai tout ce que je peux pour vous aider à retrouver votre mère et le jeune Moriyasu. Je me renseignerai auprès de divers amis en ville et verrai ce que je pourrai découvrir.

Le maître nous fait quitter la salle de méditation et sortir dans l'air frais de la nuit. Hana et moi, nous traversons sans bruit les jardins et les galeries. Quand nous arrivons devant les quartiers des serviteurs, je m'arrête un instant sur les marches et je lève la tête. Des étoiles émaillent le ciel nocturne comme des poissons d'argent brodés sur un kimono bleu foncé. J'ai l'impression qu'un poids énorme vient d'être déchargé de mes épaules.

Je laisse Hana entrer devant moi, je veux rester encore un moment dehors.

Une fois seule, j'inspire profondément, je joins les mains et je baisse la tête, rendant grâce pour le soutien de Maître Goku dans une prière muette.

CHAPITRE 16

Pour Hana et moi, la vie semble un peu plus facile après notre séance de méditation avec Maître Goku. Notre cœur se remplit d'espoir.

Le maître ne mentionne plus jamais notre véritable identité et ne semble pas nous traiter différemment d'avant. Mais chaque fois qu'il nous regarde, je sens son approbation muette pour la mission que nous nous sommes donnée – et je me rappelle qu'il a promis d'essayer de retrouver notre mère.

Tous les soirs, Hana et moi rejoignons Tatsuya dans le jardin de rocaille ou près du bassin de nénuphars pour se battre avec un *bokken,* un *jo* ou à mains nues, et s'entraîner au maniement du couteau ou à la lutte. Souvent, il apporte une cible en paille et des arcs, et Hana et moi sommes encore en train de décocher des flèches bien après que les autres élèves sont partis se coucher.

Un jour, alors que je répète mon *bokken kata*, Hana travaille sa technique du « poing silencieux ». Ses pieds ne font aucun bruit sur l'herbe et ses poings cherchent les points faibles d'un ennemi invisible.

L'instant d'après, je l'entends courir. Je lève la tête au moment où Hana s'élance dans les airs et grimpe sur le mur tel un guerrier de l'ombre, en marchant dans le vide comme si elle gravissait un escalier jusqu'à arriver en courant sur le faîte. Quand elle parvient au coin, elle quitte le mur en saut périlleux arrière et retombe sur ses pieds au milieu du sentier, avec la légèreté d'un chat.

Je souris.

– Crâneuse !

Mais la prouesse de ma sœur me fait penser à la tâche dont Goku m'a chargée.

Je me rappelle qu'un jour mon père m'a dit : « Un bon guerrier connaît son ennemi, Kimi. Il l'étudie jusqu'à savoir précisément comment il fonctionne et ce qui le fait tel qu'il est. C'est seulement quand tu connais vraiment ton ennemi que tu peux espérer le vaincre ! »

Avec la voix de papa qui résonne encore à mes oreilles, je rejoins le saule mort et je m'assieds devant pour l'étudier longuement. Cet arbre n'est pas mon ennemi, mais c'est ma cible, alors j'étudie son aspect – les nœuds où il a poussé de travers, les endroits où il est peut-être plus fragile et les endroits où il est résistant.

Je ne me sens pas encore prête à essayer de l'abattre d'un coup de pied, alors je demande des boîtes vides à Choji et je les remplis à demi de sable pour pouvoir m'entraîner avec. Au début, le bruit mat des boîtes qui tombent attire quelques élèves, curieux de voir qui fait ce tintamarre. Mais ils s'habituent bientôt à moi et s'éloignent petit à petit, retournant à leurs propres séances d'entraînement.

À mesure que le temps passe, je sens que je deviens plus forte, que mes muscles deviennent plus fermes, mes coups de poing et de pied plus puissants.

Mais Ken-ichi, lui, devient de plus en plus arrogant et insupportable. Il exige que les autres élèves ajoutent à son prénom le terme de respect pour s'adresser aux nobles et l'appellent Ken-ichi-dono, et insiste pour qu'ils s'écartent sur son passage quand ils le croisent dans les galeries et les couloirs étroits.

– J'ai la priorité, puisque je suis le fils du jito ! dit-il.

Je l'évite autant que possible, de peur de désobéir à Maître Goku et d'attaquer mon cousin à coups de poing et de pied !

Un jour, au lieu de nous envoyer faire le ménage dans les chambres, Choji nous confie une nouvelle tâche.

– C'est une belle journée de printemps ! déclare-t-il. Il y a du soleil et un peu de vent. Je pense que vous aurez plaisir à être dehors...

Pendant un instant, je m'imagine que Choji va nous donner une journée de congé, mais il ajoute :

– C'est le jour idéal pour faire la lessive ! Venez avec moi.

Il nous emmène sur un sentier de gravier sinueux qui mène derrière la salle d'eau et nous montre le puits où tirer de l'eau, les grandes barriques en bois où on frotte le linge avec des sacs de son et les fines cordes à linge tendues entre les arbres.

– Débrouillez-vous pour avoir fini à midi, dit-il. Et ensuite, venez à la cuisine aider à préparer le déjeuner.

Après son départ, je fais une grimace à Hana.

– Des sacs de son ? Et la saponaire ?

– Je pense que ça coûte trop cher, répond-elle en retroussant ses manches et en prenant un seau. Et les sacs de son marchent sans doute aussi bien. Avec ça, on va pouvoir s'amuser, au moins. Battre les pantalons et les draps pour les nettoyer va nous muscler les bras et nous rendre meilleures au combat !

Pendant le reste de la matinée, on s'échine à frotter, rincer et étendre le linge entre les arbres. On ne s'y prend pas comme il faut, au début, mais on comprend vite qu'il faut bien étaler les kimonos et les *hakama* avant de les accrocher, pour qu'ils ne soient pas froissés quand le soleil aura fini de les sécher.

À deux, on est efficaces et on termine en avance, alors je propose un duel à Hana, en brandissant ma palette à lessive par sa longue poignée comme un *jo*. Elle sourit et s'empare de la pince en bois avec laquelle elle transvasait les vêtements mouillés d'une bassine à l'autre, pour l'utiliser comme un *bokken*. On avance et recule d'un pas léger parmi les flaques qui étincellent sous le soleil printanier, on saute sur un muret, puis on se baisse pour passer sous les kimonos et les nappes.

On s'arrête brusquement quand on entend trois paires de pieds faire crisser le gravier du sentier en courant vers nous.

– Venez... Suivez-moi ! dit quelqu'un.

On ne voit pas celui qui parle à cause du linge accroché entre les arbres, mais cette voix arrogante aux accents traînants m'est devenue aussi familière que la mienne.

Ken-ichi.

Manifestement, il est avec ses deux copains, comme d'habitude.

J'échange un coup d'œil avec Hana. Vite, on pose nos armes et on se replie derrière une deuxième barrière de linge suspendu. Au bout d'un moment, on entend le glouglou d'un liquide qu'on verse et des bols qui cliquettent. L'un des garçons déglutit bruyamment et se met presque aussitôt à tousser.

– Par le Bouddha, c'est dégoûtant !

Il semble à moitié étouffé.

– Comment tu peux être sûr que c'est du saké, Ken-ichi-dono ? Pour autant qu'on sache, ça pourrait être du poison.

– Bien sûr que non, c'est pas du poison, imbécile ! grogne Ken-ichi. Je sais faire la différence entre du poison et de l'alcool de riz, tu sais !

Hana et moi échangeons un coup d'œil. Ken-ichi et ses amis sont en train de boire de l'alcool !

– Comment tu fais la différence ? demande l'un d'eux. Je croyais que c'était tout l'intérêt des poisons, justement : ils sont faciles à dissimuler, et faciles à confondre avec autre chose. Et si ce truc était... du saké empoisonné ?

J'entends Ken-ichi boire à grand bruit une gorgée du bol.

– Mais non, assure-t-il. Je l'ai trouvé dans la cuisine. Il n'y a pas de risque qu'ils donnent quelque chose d'empoisonné au maître, si ?

Il ricane.

– Quoique... si je voulais empoisonner quelqu'un, ce serait tellement simple de verser le poison dans une boisson comme le saké !

– Tu es tellement malin, Ken-ichi-dono, répond l'autre d'une voix servile. Tu sais tout !

– Je m'y efforce, dit Ken-ichi.

Après un silence, il ajoute :

– Et là, je sais qu'on nous espionne !

Avant qu'on ait le temps de trouver une autre cachette, Hana et moi, il déboule en arrachant le linge étendu sur les cordelettes et se retrouve face à nous, avec trois draps blancs et un kimono entortillés autour du bras.

Je pousse Hana derrière moi, je reprends ma palette en bois et je la brandis pour me défendre.

Ken-ichi éclate de rire.

– Qu'est-ce que tu vas faire ? Me couvrir de son de riz et me tabasser à mort avec ta palette ?

– Comment tu savais qu'on était là ? je demande.

– J'ai entendu votre tintamarre avant même qu'on arrive ici, explique-t-il d'un ton railleur. Vous étiez pitoyables ! J'ai vu des filles qui se battaient mieux que vous !

Je rougis et je me force à baisser les yeux. Il cherche juste à nous insulter, c'est évident, mais mon cœur s'emballe à l'idée que mon cousin puisse être à un cheveu de découvrir notre secret. Derrière lui, ses deux amis gloussent.

Content de lui, Ken-ichi continue :

– Je me demande ce que dirait ce vieil imbécile de Choji s'il savait que deux de ses esclaves étaient en train de chahuter ici au lieu de travailler. Hein ?

Mon poing se serre si fort sur la palette en bois que les jointures de mes doigts blanchissent.

– On n'est pas des esclaves.

Ken-ichi nous toise des pieds à la tête.

– Pourtant, vous en avez l'allure.

Il se tourne vers ses amis.

– Qu'est-ce que vous en pensez ? Vous trouvez qu'ils ont l'air d'être des esclaves, vous ?

– Oui, aucun doute. Tu devrais inspecter leur travail, Ken-ichi-dono, répond l'un des garçons en se délectant à l'avance.

Ken-ichi sourit.

– Quelle bonne idée !

Et il lâche exprès le linge propre qu'il avait dans les bras.

Sans se départir de son sourire, il marche sur le tas et piétine le tissu dans une flaque de boue.

– Oh là là... dit-il lentement, avec une lueur malveillante dans ses yeux noirs. Je crois que vous allez devoir les relaver, *esclaves* !

Il tourne les talons et s'éloigne. Ses deux amis trottinent à sa suite, en ricanant et en échangeant des coups de coude.

À cet instant, je me sens incapable de me contenir. Mes poings se crispent sur ma palette en bois et j'envisage de lui en asséner un coup sur la tête... mais je me retiens. Je me rappelle le serment que je me suis fait. Pas question de me bagarrer comme un chiffonnier avec Ken-ichi. L'heure de ma vengeance viendra.

La main d'Hana se pose sur mon bras.

– Laisse-le, souffle-t-elle. Il y a un temps et un lieu pour rendre la justice.

Elle aussi, elle l'observe d'un air songeur, les yeux plissés.

– Je sais, dis-je. Mais il *veut* que je le défie.

– Dans ce cas, c'est une meilleure sanction de ne pas lui donner ce qu'il veut, raisonne Hana.

Elle a raison. Je regarde Ken-ichi s'éloigner d'un air important sur le sentier, puis disparaître au coin de la salle d'eau.

Je sais que si je suis patiente, je finirai par avoir l'occasion de lui régler son compte avec calme et efficacité. Une bonne fois pour toutes.

CHAPITRE 17

– Vous êtes en retard, grommelle Choji quand on arrive enfin dans les cuisines pour aider à préparer le déjeuner. Qu'est-ce que vous fabriquiez, là-bas… vous avez tout lavé deux fois ?

Pour nous punir, il nous prive de notre entraînement de l'après-midi au maniement des armes et nous dit de laver le sol de la cuisine avec de l'eau chaude et du savon.

– À mon retour, je ne veux pas voir une seule tache de graisse nulle part !

Il tourne les talons et quitte la pièce. J'échange un coup d'œil surpris avec ma sœur et je demande à Ko, qui est occupé à pétrir de la pâte à nouilles sur la table :

– Qu'est-ce qu'il a ?

Ko fait la grimace.

– Il est comme ça depuis qu'il est rentré du village sans provisions. Un des autres serviteurs a dit qu'on n'y trouvait pratiquement plus rien. Le village est presque désert. Le jito a posté des samouraïs à tous les coins de rue. Ils prélèvent une partie de tous les vivres qui arrivent pour la donner au jito, et ce qui reste ne suffit pas... Les gens commencent à avoir faim.

On sert un déjeuner frugal aux élèves, et tous les serviteurs mangent leur soupe de poisson claire dans un silence pensif. Choji n'est pas là. Ko nous dit que l'intendant est allé parler à Maître Goku. Il espère que le maître va faire appel au seigneur Hidehira pour obtenir plus de nourriture.

On travaille dur, Hana et moi, et quand on gagne la salle de méditation, ce soir-là, on ne tient pratiquement plus debout. On a mal aux bras à force d'essorer le linge et nos mains sont abîmées après avoir passé quasiment toute la journée plongées dans des seaux d'eau chaude. La faim fait gargouiller notre estomac.

Dès que le cours de méditation commence, je ferme les yeux et je me sens partir...

Après la séance, l'atmosphère détendue subsiste. Les élèves quittent la salle par petits groupes, en parlant à voix basse. Hana et moi, nous rejoignons les autres serviteurs pour essuyer la cendre sous les bâtonnets d'encens et souffler les lanternes.

Soudain, Hana plante son coude pointu dans mes côtes. Un messager se tient sur le seuil, couvert de poussière de la route. Il s'incline profondément et s'approche de Maître Goku.

– Bonjour, Sensei. J'apporte un message de votre ami Maître Jin de Sagami, à l'est, annonce-t-il, le souffle court.

Maître Goku fait signe à l'un des autres serviteurs d'apporter du *cha*.

– Que dit ce cher Maître Jin ?

L'homme s'incline de nouveau.

– Il s'excuse, mais il ne peut pas poursuivre sa correspondance avec vous. Les alliances entre les provinces voisines sont en train de se rompre à cause des déclarations de votre jito. Le seigneur Hidehira a clamé son intention de s'emparer des territoires des alentours. Par conséquent, Maître Jin a le regret de vous dire qu'à partir d'aujourd'hui, vous devez vous considérer comme des ennemis, lui et vous.

Maître Goku ferme les yeux une seconde et, pendant un instant, il a l'air vieux.

– Les alliances sont en train de se rompre. C'est bien ce que je craignais...

Il parle d'une voix pesante et lasse.

Je sais que papa a travaillé dur pour former des alliances dans tout le royaume, pour établir la paix sur les terres voisines et nouer des liens avec d'autres provinces. Oncle Hidehira est en train de tout détruire.

Quand le serviteur revient avec du *cha*, Maître Goku nous congédie tous et attire le messager dans un coin tranquille pour le questionner davantage.

Dehors, dans le couloir, Ken-ichi se pavane fièrement.

– Bientôt, tout le royaume du Japon sera à la portée de mon père, se vante-t-il. Avant peu, il sera le jito

Le visage de Maître Goku se durcit.

– Tu ne tireras pas ton épée contre quelqu'un de ma maison.

Ses yeux jettent des éclairs. Il hausse le ton :

– S'il y a un litige, c'est avec moi que tu le régleras !

Le silence s'alourdit autour de nous. Puis, lentement, Ken-ichi baisse son épée et la remet dans son fourreau.

Maître Goku passe en revue les étudiants rassemblés.

– Il reste cinq jours avant le grand tournoi qui marque la fin du *kenshu*, dit-il. S'il y a encore le moindre incident comme celui-ci, les élèves impliqués seront disqualifiés.

Avec tout ce qui s'est passé depuis notre arrivée au dojo, j'avais presque oublié le tournoi. Je retiens mon souffle tandis que le silence se prolonge, de plus en plus tendu, autour de nous. Quelques garçons baissent les yeux, l'air honteux. Sans un mot, Ken-ichi tourne les talons et s'éloigne.

Maître Goku s'adresse ensuite à Ko et Sato :

– Laissez donc aux lavandières réunies au bord de la rivière le soin de répéter les commérages. J'attends mieux de la part des serviteurs de mon dojo. Allez chercher une activité plus digne d'occuper votre temps.

En filant avec Sato, Ko me jette un regard reconnaissant par-dessus son épaule. Les autres élèves et serviteurs ne tardent pas à les suivre. Hana et moi nous retrouvons seules avec Maître Goku.

– Évitez les conflits, dit le maître d'une voix douce.

Puis il nous congédie.

En partant avec Hana, je ne peux pas m'empêcher de penser que les choses vont vraiment mal. Oncle Hidehira affame le pays et l'ego de Ken-ichi prend des proportions démesurées.

Maître Goku arrive à le contrôler – tout juste. Mais je me demande combien de temps ça pourra continuer comme ça.

Plus tard ce soir-là, Tatsuya nous retrouve pour notre séance d'exercice habituelle. Un autre élève lui a parlé de ma querelle avec Ken-ichi.

– Ce garçon est une vraie plaie, commente-t-il en ramassant des pierres pour s'entraîner à servir le thé.

– D'après Ko, Ken-ichi a déjà clamé qu'il serait le champion du tournoi, renchérit Hana. Il raconte qu'il n'y a personne d'assez bon pour le battre, ici.

– Je vais peut-être participer, dis-je d'un ton songeur. J'ai autant de chances de gagner que n'importe qui. Ken-ichi devra cesser de crâner, dans ce cas !

« Et si je remporte le tournoi, me dis-je, je serai bien placée pour provoquer oncle Hidehira en duel. »

Pendant qu'Hana et Tatsuya répètent la cérémonie du thé, je me perche sur un rocher voisin, plongée dans mes pensées. Le champion sera porté en triomphe, et cet honneur peut servir de prétexte pour défier ouvertement oncle Hidehira. Il ne pourra pas refuser de se battre.

Mais est-ce que je suis capable de gagner le tournoi ? Est-ce que je peux éliminer tous mes concurrents et être désignée comme la meilleure élève de l'école ? Depuis mon arrivée au dojo, j'ai passé des heures à transpirer et à m'échiner. Je suis devenue excellente dans bien des styles de combat. Récemment, Choji m'a dit que j'étais parmi les plus forts de sa classe avec la lance *naginata*. Grâce à plusieurs lunes d'entraînement ardu avec les couteaux de cuisine, je suis devenue assez habile pour tenir tête à n'importe qui avec un *tanto* dans un combat rapproché. Et j'ai progressé de façon spectaculaire dans le maniement du *nihonto* depuis mon combat à l'épée contre Ken-ichi à l'entrée du dojo.

Plus important encore, je commence à comprendre que ce n'est pas la force qui contrôle la lame, mais la précision. Je suis certaine que, avec ou sans arme, je saurai trouver une faiblesse chez n'importe quel adversaire.

« Je peux y arriver, me dis-je résolument. Je peux gagner le tournoi. Et une fois que j'aurai reçu le titre de champion, j'aurai prouvé que je suis capable de battre n'importe qui. Dès lors, je ferai un adversaire digne d'oncle Hidehira et j'aurai une chance de me venger ! » Mon cœur se met à battre plus vite maintenant que je vois un moyen d'avancer, qui s'éclaire dans ma tête comme un chemin illuminé par un rayon de lune. Dans cinq jours, je pourrai affronter mon oncle et venger mon père et mes frères.

Au-dessus de nous, le ciel nocturne vire au noir profond et une brise légère m'apporte un parfum de fleurs. Je reste assise tranquillement sur mon rocher pendant qu'Hana et Tatsuya finissent leur exercice.

– C'était beaucoup mieux, cette fois-ci, dit-elle.

– Merci, répond-il en s'inclinant. Tes leçons m'ont aidé, et je pense que j'ai progressé. Mais...

Il pousse un soupir inquiet.

– Je suis toujours aussi angoissé à l'idée de servir le thé à Goku. Tant mieux si je le fais correctement à l'entraînement, mais c'est une autre affaire de recommencer devant les maîtres et toute l'école. Ma nervosité pourrait me rendre maladroit si je n'arrive pas à la maîtriser.

– Tu ne seras pas maladroit, lui assure Hana en remettant les cailloux à leur place dans le jardin envahi par les ombres.

Elle lui prend la main.

– Tu croiras en toi et tu te souviendras de tout ce que tu as appris ici, dans ce jardin.

– J'espère, dit-il doucement.

Ils se saluent avant leur habituel combat d'entraînement. Hana se sert d'un râteau de jardinage pour se défendre contre le *jo* de Tatsuya.

– Plus haut, lui dit-il. Lève le coude, comme ça.

Il lui fait la démonstration.

– Et sers-toi plus de ton pied gauche.

Hana avance le pied gauche, fait tournoyer son râteau, puis se baisse pour éviter le *jo* de Tatsuya.

– Tiens, dit-il avec un sourire taquin. Échange ton arme contre la mienne. Je vais me servir du râteau pour te montrer une meilleure façon de le tenir...

Et ils continuent leur combat. Ils multiplient les moulinets et tailladent l'air. Ils font des sauts et des pirouettes, utilisant les murs, les rochers et même le vide comme marchepieds, si bien qu'ils ont plus l'air de danser que de se battre.

Tatsuya abat de nouveau le râteau. Hana se baisse une fois de plus, mais trop tard, et pousse un petit cri quand les dents du râteau râpent le haut de sa tête. Elles se prennent dans son chignon et, aussitôt, ses cheveux se détachent et lui tombent sur les épaules.

Horrifiée, elle se dépêche de les renouer.

Mais il y en a trop ! Toutes ses longues mèches déferlent telle une cascade de soie noire...

Je saute sur mes pieds. Il faut que je fasse quelque chose avant que Tatsuya comprenne tout !

Mais il lâche le râteau, bouche bée, et regarde fixement Hana.

– Tu es une fille ! hoquette-t-il.

CHAPITRE 18

Hana parvient enfin à entortiller ses cheveux et à les rattacher sur le haut de son crâne.

– Tu te trompes, dit-elle vivement.

Mais Tatsuya secoue obstinément la tête.

– Je sais ce que j'ai vu. Tu n'es pas plus un garçon que ce râteau de jardinage n'est une arme mortelle !

Mon cœur bat la chamade. Je m'avance vers Hana.

Tatsuya me bloque le passage avec le râteau et braque sur moi un regard interrogateur. Au fond du jardin, une grenouille saute dans le bassin, et le bruit d'éclaboussures trouble le silence de la nuit.

– Toi aussi ? me questionne Tatsuya.

Inutile d'essayer de le convaincre. Nous sommes obligées d'avouer. En me mordant la lèvre, j'acquiesce.

– Mais pourquoi ? demande-t-il d'un ton impérieux.

Je jette un coup d'œil à Hana, qui m'encourage d'un minuscule signe de tête. J'inspire profondément et je dis la vérité à Tatsuya :

– Nous sommes les filles du seigneur Yoshijiro.

Tatsuya reste abasourdi pendant un moment, puis tombe à genoux devant nous et plaque le front contre le sol.

– Non ! s'écrie Hana, affolée. Ne fais pas ça ! S'il te plaît, lève-toi.

Tatsuya redresse lentement la tête pour nous regarder, mais il reste à genoux.

– Pardonnez-moi si j'ai été impoli avec vous de quelque manière que ce soit par le passé... commence-t-il.

Mais je l'interromps en le tirant sur ses pieds :

– Tu n'as jamais été impoli, Tatsuya. Et tu n'as pas besoin de nous traiter comme si nous étions des dames de la cour impériale. Nous sommes des filles ordinaires, maintenant. Notre père est mort et nous sommes obligées de nous cacher.

– Mais pourquoi ?

Tatsuya nous regarde toutes les deux et soudain, quand il comprend, son visage s'éclaire.

– Je me souviens que Ken-ichi s'en est vanté devant tout le monde...

Il lâche un hoquet d'horreur.

– Les hommes du seigneur Hidehira ont passé par l'épée tous les gens de la maison pour trahison. Il a dit que c'était la coutume !

Je reprends tranquillement :

– Sauf qu'Hana et moi nous sommes échappées. Les samouraïs de notre oncle traversaient la maison au pas de charge, en cassant tout sur leur passage et en massacrant nos serviteurs...

Tatsuya lève la main.

– Attends. Je pense que tu ferais mieux de tout reprendre au début.

Alors ma sœur et moi, on s'assied avec lui dans un coin sombre du jardin de rocaille, loin des regards indiscrets, et on lui raconte notre histoire. On commence par nos vrais noms, puis on lui décrit chacune à notre tour la nuit où notre oncle a massacré tout le monde, chez nous. L'une de nous reprend le récit chaque fois que l'autre a trop de mal à poursuivre.

Le visage de Tatsuya devient grave dans le clair de lune. De temps en temps, ses yeux jettent un éclair de colère.

Quand nous achevons notre histoire, il serre le poing et frappe dans la paume de l'autre main.

– Comment a-t-il osé ? gronde-t-il. Le seigneur Hidehira n'a pas juste enfreint le code *bushi* ; il l'a déchiré en morceaux et foulé aux pieds !

Il nous regarde d'un air déterminé.

– Si vous avez besoin de mon aide un jour... Nous sommes amis, et les amis se tiennent les coudes.

– Merci, répondons-nous en chœur.

Tatsuya secoue la tête d'un air incrédule.

– Des filles... Je n'arrive toujours pas à le croire. Vous savez, je n'ai jamais vu de fille aussi douée que vous pour le combat.

– Pourtant, on ne l'est pas encore assez, je réplique. On doit s'entraîner plus dur.

Je lui explique rapidement mon plan de gagner le tournoi et de défier ouvertement mon oncle.

– Si c'est moi qui gagne le tournoi, je défierai le jito en votre nom, à Hana et toi, déclare résolument Tatsuya.

Hana paraît surprise.

– Non, Tatsuya, dit-elle calmement. C'est notre combat. Nous sommes extrêmement reconnaissantes pour ton amitié, mais nous ne pouvons pas t'entraîner dans cette affaire.

Je l'approuve d'un hochement de tête.

– En revanche, tu continueras à t'entraîner avec nous ? je demande.

– Bien sûr, répond-il. Tout ce que vous voudrez, il vous suffit de le demander.

Tandis que le tournoi se rapproche, l'atmosphère devient de plus en plus trépidante dans le dojo. Le fracas des épées et des *jo* qui s'entrechoquent résonne dans les jardins et les cours. Les élèves travaillent jusque tard dans la soirée, appelant des serviteurs pour qu'ils viennent rallumer les lanternes dans les arbres à mesure qu'elles se consument.

Choji note qu'on redouble d'efforts, Hana et moi, et nous complimente toutes les deux sur nos progrès dans le maniement des armes.

– Nous ferons de vous des guerriers, les gringalets, nous taquine-t-il de sa voix bourrue.

Et chaque jour qui passe, je vois que Ken-ichi s'entraîne aussi dur que nous.

Il s'est approprié une cour à l'autre bout de l'école, entre le quartier des serviteurs et les cuisines, alors au début, je ne savais pas ce qu'il faisait. Mais un soir, juste au moment où le soleil glisse derrière le toit incurvé de la salle d'entraînement principale, Tatsuya nous conduit à travers une série de galeries, ma sœur et moi, dans un jardin d'agrément et jusqu'à un porche en bois. En approchant, on entend des bruits de combat : les grognements, les expirations précipitées, le choc sourd d'un coup de poing.

– Regardez de l'autre côté du porche, souffle Tatsuya. C'est ça que vous aurez à affronter dans deux jours.

Je regarde, et mon cœur se serre. Ken-ichi et son adversaire, un élève à ceinture marron nommé Genta, sont tous deux torse nu. Leurs corps nerveux luisent de transpiration. Autour d'eux, il y a un groupe de huit ou dix autres élèves, dont les deux amis de Ken-ichi. Tous les yeux sont fixés sur Genta et lui.

Genta lui tourne autour avec méfiance. Il tient une main mollement repliée devant son ventre et l'autre tendue droit devant lui. Il semble crispé, incertain quant à son prochain mouvement, et je vois une marque rouge sur une de ses pommettes où Ken-ichi l'a déjà frappé.

Mon cousin, au contraire, est alerte et décontracté. Un demi-sourire vacille sur ses lèvres. Il s'avance et, sans signe avant-coureur, lâche un puissant coup de poing qui rate de peu la mâchoire de Genta. Genta se penche vite en arrière, en déplaçant son poids sur ses talons, et chancelle légèrement. Ken-ichi n'attend pas qu'il retrouve son équilibre. Il revient aussitôt à l'attaque avec un violent coup de pied qui décharge toute l'énergie canalisée dans sa jambe. Le choc est fulgurant, et résonne dans toute la cour. Je grimace en voyant la tête de Genta partir d'un côté ; il se retrouve aussitôt par terre, le nez dans le sable.

L'un des amis de Ken-ichi lève triomphalement le poing en l'air.

Ken-ichi baisse les mains et s'incline dans la direction de Genta – une suprême manifestation d'arrogance, car Genta est étourdi et donc incapable de répondre à ce soi-disant signe de respect. Ignorant l'étiquette, qui veut qu'on attende que son adversaire se relève, Ken-ichi se tourne vers les autres.

– À qui le tour ?

Personne ne bouge. Pendant un instant, j'envisage de me lancer, mais je me retiens. Ce n'est pas le moment. Je commence à apprendre la patience.

– Quoi, aucun d'entre vous ? dit Ken-ichi, railleur. D'accord, je vous propose quelque chose de plus équitable. Je vais affronter trois d'entre vous. Trois contre un ! Allez, bande de paysans ? Qui a le courage de m'affronter ?

Dans l'assistance, on danse d'un pied sur l'autre et on échange des coups d'œil. L'un des amis de Ken-ichi, grand et musclé, se porte volontaire avant de se retourner pour faire avancer de force les deux élèves les plus proches de lui.

Ken-ichi sourit quand les trois garçons viennent se placer face à lui, pieds nus, laissant des empreintes dans le sable de la cour. Ils se saluent, comme le veut la tradition, mais Ken-ichi commet un nouveau manquement à l'étiquette en se redressant avant les autres. À peine ont-ils eu le temps de se concentrer qu'il lance une charge virulente.

« C'est bien le fils de son père ! me dis-je. Pour gagner, Ken-ichi est prêt à bafouer les règles les plus sacrées. » Je me promets de m'en souvenir, de connaître mon ennemi.

L'un de ses adversaires – plus vif que les autres – répond par une parade en hauteur, tandis qu'un autre décoche un coup de pied balayé qui parvient presque à renverser Ken-ichi. Mais mon cousin est trop rapide, ses pieds et ses poings fusent si vite qu'ils forment des taches floues, et les attaques se suivent impitoyablement. Il tape dans les côtes le premier garçon à l'avoir attaqué et le précipite vers le dernier, qui manque trébucher sur son camarade. Puis il se baisse pour planter un coup d'épaule dans son grand copain musclé, qu'il jette violemment au sol.

Le costaud gît sur le dos, en hoquetant comme un poisson hors de l'eau, pendant que les deux autres restent assis, l'air hébété.

Mais l'un d'eux se ressaisit rapidement. Il se lève d'un bond, pivote les hanches et déplie la jambe en l'air, visant le ventre de Ken-ichi. Le petit groupe rassemblé dans la cour grimace en entendant le choc.

Pendant un instant, on pourrait croire que Ken-ichi a trouvé un adversaire à sa hauteur. Il hoquette et bat en retraite, les mains crispées sur son ventre ferme. Puis il se ressaisit et revient à l'attaque avec un double coup de poing. L'autre esquive à la dernière minute et décoche un nouveau coup de pied dévastateur.

Mais Ken-ichi s'y attend, cette fois. Il saisit son pied avant qu'il ait eu le temps de le frapper, coinçant la cheville entre son bras et ses côtes, et se tord pour déséquilibrer son adversaire. Bloqué dans une position inconfortable par cette prise douloureuse, le garçon s'écroule aussitôt par terre.

– Arrête ! hurle-t-il.

– Tu abandonnes ? demande Ken-ichi d'un ton impérieux, les dents serrées.

Son adversaire halète de douleur.

– Oui... j'abandonne.

– Alors je me déclare champion !

Ken-ichi le lâche subitement ; le garçon se roule par terre en se tenant la cheville. Deux autres élèves courent l'aider à se relever, et il traverse la cour en boitant.

– Tu ne peux donc pas marcher comme un vrai guerrier ? lui lance Ken-ichi, railleur. C'est loin d'être une blessure grave, une cheville tordue. Je me retenais – si je l'avais voulu, j'aurais pu te casser la jambe comme une brindille !

Le garçon rougit de honte.

Quand il passe devant moi en boitillant, je profite de ce que Ken-ichi ne peut pas me voir pour demander :

– Ça va ?

– Je crois que oui.

Il a le souffle court.

– Choji a du matériel médical dans la cuisine. Tu devrais aller te faire bander la cheville.

Pendant qu'il s'éloigne, aidé de ses amis, je regarde Tatsuya.

– Tu en as assez vu ? demande-t-il à voix basse.

– Oui.

Et c'est vrai que j'en ai assez vu. Je sais désormais que mon cousin est un adversaire terrible, habile et sans pitié.

Je sais aussi que, si ça avait été un vrai combat et non un combat d'entraînement, il est pratiquement certain que l'adversaire de Ken-ichi n'aurait plus jamais marché.

Le soir qui précède le tournoi, tout le monde se rassemble dans la salle d'entraînement principale pour une dernière cérémonie du thé. La période d'entraînement intensif du *kenshu* est terminée.

– Ce soir, dit Maître Goku, j'aimerais que chaque élève serve le thé à son tour pour le *cha no yoriai.*

Ken-ichi est choisi pour passer le premier. Il s'approche de la table basse en laque avec son aplomb habituel. Il porte un kimono impeccable et un beau *hakama* noir, et ses cheveux sont huilés et rabattus sur le haut de sa tête. Avec son visage altier et sa tranquille assurance, il a tout d'un noble samouraï. Maître Goku le salue. Mon cousin s'incline à son tour, s'agenouille et sert le thé à la perfection.

Ta technique est excellente, Ken-ichi, commente le maître. Tu fais honneur à ton père.

Ken-ichi retourne à sa place en regardant ses camarades de classe comme s'ils étaient déjà ses sujets. Un par un, les autres élèves le suivent. Chacun s'incline, s'agenouille, verse.

Quand vient le tour de Tatsuya, Hana et moi le couvons d'un regard plein d'appréhension. Il a travaillé dur pour s'améliorer, mais que se passera-t-il si, comme il le redoutait, sa nervosité le rend maladroit au moment clé ?

On n'aurait pas dû s'inquiéter. Tatsuya est la perfection incarnée. Calme et posé, avec des mouvements sobres et précis, il aurait mérité des félicitations même si c'était à l'empereur en personne qu'il avait servi le *cha*.

Maître Goku le salue.

– Tu m'as particulièrement satisfait. Non seulement tu as fait d'immenses progrès, mais en plus tu as montré une inébranlable volonté d'être le meilleur. Et c'est ce que tu es devenu ce soir, Tatsuya : le meilleur.

Tatsuya rougit et s'incline profondément. Maître Goku sourit.

– Tu as la détermination et l'ardeur d'un vrai samouraï, mon fils.

Mon cœur se gonfle d'orgueil. Je suis tellement fière que Tatsuya ait atteint son objectif ! Je sais que moi, je n'ai pas encore rempli mes engagements. Je dois toujours abattre le saule.

Quand Tatsuya regagne sa place, en se frayant un chemin parmi les autres élèves, je vois Ken-ichi lever les yeux au ciel. Mais Tatsuya sourit gaiement et ne remarque rien. Il ne peut pas nous remercier en public pour notre aide, mais il s'incline légèrement devant Hana et moi en passant.

Plus tard ce soir-là, on médite ensemble dans le jardin de rocaille, tous les trois. On ne veut pas faire de combat d'entraînement, préférant conserver notre énergie pour le tournoi de demain. J'ai le sentiment que ce sera le point culminant de tout ce temps qu'on a passé au dojo.

Tatsuya est assis seul dans un coin tranquille du jardin. Ses cheveux noirs paraissent argentés dans le clair de lune. Hana est agenouillée, les yeux fermés, le visage serein.

Moi, je suis à genoux dans le rond de lumière d'une lanterne toute proche et je ne bouge pas. Je me sens recueillie, l'esprit en paix. Je jette un coup d'œil vers l'autre bout du jardin de rocaille, là où les branches mortes de ce pauvre saule balaient le sol. Le moment est venu.

Une brise agite mes cheveux. Je me lève et je traverse lentement le jardin éclairé par la lune pour rejoindre le saule. Je soigne ma position, jambes écartées, ajustant mon équilibre. Mes genoux sont détendus et mes mains souples, placées l'une devant l'autre près de mon ventre.

Parfaitement immobile, je ferme les yeux.

Compte les temps de ta respiration, Kimi... J'ai l'impression que la voix de Maître Goku résonne dans ma tête. *Inspire, deux, trois, quatre... Expire, deux, trois, quatre...*

Je me concentre sur ma respiration et je laisse mes pensées conscientes s'évaporer. Les souvenirs s'estompent.

À ce moment-là, il se passe quelque chose. J'ai l'impression qu'un grand vide m'envahit, subitement remplacé par une énergie vitale qui émerge des profondeurs de mon âme. La force monte en moi. Mes membres se mettent à vibrer.

J'ouvre les yeux et je décoche un puissant *yokogeri,* en canalisant toute ma vigueur et tout mon poids dans ma jambe et vers mon pied. Mon talon percute le tronc du saule comme le marteau d'un forgeron. Un énorme « CRAC ! » retentit dans la nuit...

Je bondis en arrière juste à temps quand le tronc se brise. Ensuite, l'arbre tombe ! Les branches fouettent l'air et le saule mort s'effondre enfin au sol dans un grand fracas.

Hana et Tatsuya arrivent en courant depuis l'extrémité du jardin, surexcités, et poussent des exclamations émerveillées.

– Tu as réussi ! Tu as vraiment réussi !

Je considère l'arbre renversé avec des yeux écarquillés et je souris.

– Je crois que je suis prête.

CHAPITRE 19

Le jour du tournoi arrive enfin. Le premier jour de *Seimei,* conformément aux prophéties, le temps se dégage et le soleil est là. Ça fait tellement longtemps que nous sommes au dojo, Hana et moi ! Je n'arrive pas à le croire. Debout devant l'ouverture entre les panneaux coulissants de notre petite chambre, je regarde les jardins et les cours en me frottant les yeux pour me réveiller et en pensant à maman et Moriyasu. Goku les a-t-il trouvés ? Il n'a rien dit, mais je sais que si quelqu'un peut les trouver, c'est bien lui.

L'air se réchauffe, à présent. Le printemps est vraiment là et les cerisiers sont en fleur, c'est magnifique. Je vois les portes de l'entrée principale de l'école, au-delà des galeries et des murets. Elles ont été ouvertes en grand et, bien qu'il soit encore très tôt, les gens affluent déjà pour le tournoi – cultivateurs des villages voisins mêlés à des commerçants et des artisans, familles de samouraïs locales qui se hâtent dans le sillage de seigneurs puissants, portés dans des palanquins dorés.

Dès le milieu de la matinée, il règne une ambiance de carnaval autour de l'arène aménagée dans la cour principale pour les combats. Ceux qui n'ont pas le privilège d'avoir un siège à l'ombre plaisantent et rigolent en jouant des coudes pour obtenir une place sur les longs bancs en bois. Des marchands de casse-croûte vendent leurs marchandises à la criée et quelques paysans en veste élimée proposent de minuscules figurines en bois sculpté peints en tenue d'élève : kimono marron et *hakama* noir du dojo.

– Achetez vos champions ! Achetez vos champions ici !

– Tu es nerveuse, Kimi ? me demande Hana tandis qu'on s'aide mutuellement à enfiler notre tenue de combat, laçant les épaulettes et les protège-bras en cuir.

J'accroche mon épée à ma ceinture, à côté du petit *bokken* en bois de Moriyasu, que je garde comme porte-bonheur.

– Un peu. Et toi ?

Elle secoue la tête.

– On a travaillé dur et fait tout ce qu'on pouvait pour se préparer. Qu'on gagne ou qu'on perde ne dépend plus de nous, maintenant.

– J'espère juste en avoir fait assez, je marmonne d'une voix sombre – mais mes paroles sont étouffées par la sonnerie des trompes en forme de conque annonçant l'arrivée du jito.

– Le voilà, chuchote ma sœur.

– D'après Tatsuya, c'est oncle Hidehira qui sera le juge de chaque épreuve et désignera le champion du tournoi, lui dis-je. Je ne peux pas m'empêcher de penser que ça donne un avantage injuste à Ken-ichi.

– La justice n'intéresse pas oncle Hidehira, acquiesce Hana. Ni notre cousin.

Quand on s'avance dans la galerie, mon cœur se met à battre la chamade. Le moment est enfin venu pour Hana et moi de mettre à l'épreuve nos heures de travail et d'entraînement. J'entends la clameur du public en m'approchant de la cour principale et, quand je tourne au coin, je découvre, rangée après rangée, des visages excités.

Toute l'école est rassemblée – avec la moitié de la province, semble-t-il. Les bancs en bois qui bordent l'immense espace carré réservé aux combats sont occupés par des centaines de gens. Les participants sont alignés, à genoux, près de la première arène. Parmi les élèves se trouvent des serviteurs et des paysans du village ; tous sont traités en égaux, aujourd'hui.

Certains garçons ont l'air inquiets ; d'autres sont plongés dans une tranquille contemplation pour se préparer mentalement au combat qui les attend. L'un des jeunes maîtres marche au bord de l'arène, vérifiant que le sol est régulier et que le sable blanc a été ratissé bien proprement.

Oncle Hidehira est assis sur une estrade en bois, à l'ombre d'un parasol en papier laqué. Il est en tenue de cérémonie : un manteau rouge et or tombe en plis flottants autour de lui. Deux épées luisent à sa taille.

Maître Goku, le visage impassible, est installé à côté de lui.

Tatsuya nous rejoint, Hana et moi, tandis qu'on se dirige vers le groupe de participants. Vêtu d'une armure de combat en cuir, il a son *jo* à la main. Il semble avoir acquis une assurance nouvelle depuis le *cha no yoriai* d'hier soir. Il marche la tête haute, s'attirant des regards admiratifs de certains spectateurs.

Pendant qu'on se faufile entre les rangées de marchands et de cultivateurs, je m'aperçois que je les entends chuchoter à propos du nouveau jito.

– Il paraît qu'il rassemble des armes, marmonne un homme maigre.

– Et il rompt des alliances dans tout le royaume, dit un autre.

– Il n'arrive pas à la cheville de son frère, acquiesce une vieille femme ridée qui se rafraîchit avec un éventail en papier coloré.

Les gens n'ont pas oublié mon père ; ça me donne des forces.

La foule s'agite autour de nous en bourdonnant. On arrive devant une zone fermée par des cordons de soie. Des hommes et des femmes en kimonos somptueux y sont assis à l'abri du soleil, sous une longue marquise qui ondule dans la brise. Des serviteurs en tenue plus ordinaire, veste et pantalon bleus, leur servent du thé dans de magnifiques bols en porcelaine. Je reconnais quelques personnes qui sont venues en visite chez mon père. Ce sont les familles importantes de la région – des amis du jito.

Tandis que je les dépasse, avec Hana et Tatsuya, une main s'avance brusquement et me touche la manche.

Surprise, je me retourne – et je me retrouve nez à nez avec Miura no Megumi, l'une des plus vieilles amies de ma mère. Elle est grande et fort élégante dans son kimono en soie verte, et ses lèvres peintes en rouge s'arrondissent dans un gentil sourire.

La terreur me fait battre le cœur.

– Je te connais, mon enfant ? demande-t-elle.

– N... Non, je bafouille en m'efforçant de parler d'une voix grave pour paraître plus masculine.

– Oh, mais on s'est déjà rencontrés, insiste-t-elle avec une lueur amusée dans ses yeux noirs. C'est juste que je ne me rappelle pas où... Attends, ça va me revenir dans un instant...

Aussitôt, Tatsuya s'avance.

– Pardonnez-moi, chère madame, dit-il d'une voix pompeuse qui ressemble étonnamment à celle de Ken-ichi. Ce garçon est mon serviteur. C'est un modeste paysan d'une province du nord. Je suis certain qu'une dame de votre rang ne peut pas l'avoir déjà rencontré.

Il s'incline profondément et respectueusement, puis sourit.

– Quant à moi, toutefois, je suis ravi de faire votre connaissance.

Il se rengorge avec importance. Décidément, il me rappelle de plus en plus Ken-ichi !

– Me permettez-vous de me présenter ? Je suis le seigneur Fujiwara...

En prononçant le mot « seigneur », Tatsuya me jette un regard qui semble dire : « Sauve-toi vite, tout de suite ! » L'amie de ma mère, quant à elle, paraît impressionnée de se trouver face à un seigneur aussi jeune. Pendant qu'elle s'incline devant notre ami, Hana et moi disparaissons précipitamment dans la foule.

– Heureusement que Tatsuya a l'esprit aussi vif qu'il est habile au tir à l'arc ! chuchote ma sœur.

– On aurait dû être préparées pour ce genre d'éventualité, dis-je en me mordant la lèvre, contrariée. On a failli être découvertes. Plus d'erreurs, maintenant. La chance qu'on attendait est arrivée.

Nous atteignons enfin l'espace où les autres élèves et serviteurs participants sont agenouillés. Nous voyons Ko, qui est avec Sato, Genta et le garçon qui a eu la cheville blessée lors de son combat contre Ken-ichi. Mon cousin est plus loin, flanqué de ses deux amis. Très sûr de lui, il ricane quand il voit Tatsuya, qui nous rejoint en hâte et me dit tout bas :

– Je crois l'avoir convaincue.

– Que tu es un seigneur ? Je pense bien : même moi, tu as failli me convaincre ! je réponds en souriant.

Il me rend mon sourire et reprend d'un air gêné :

– Non... Je crois l'avoir convaincue que tu n'étais pas digne de son attention. Mais si j'étais toi, je l'éviterais au cas où.

On s'agenouille à côté d'Hana. Je ferme les yeux et je sens que les battements de mon cœur s'apaisent tandis que je me calme et m'efforce de retrouver le feu qui brûlait en moi hier soir.

Sur l'estrade, Maître Goku s'agenouille devant la foule et ouvre grand les bras.

– J'aimerais vous souhaiter la bienvenue à tous dans notre tournoi d'aujourd'hui, dit-il.

Il se tourne vers mon oncle et s'incline profondément.

– Nous sommes honorés par la présence de notre nouveau jito, le seigneur Hidehira.

Hidehira lâche un petit sourire et s'incline à son tour, faisant onduler son manteau rouge et or.

– Nombre d'entre vous, reprend Goku en s'adressant de nouveau au public, ont fait beaucoup de chemin pour assister à d'incroyables records de courage et de talent. J'ai vu ces garçons à l'entraînement et je vous garantis que vous ne serez pas déçus.

Il regarde les élèves en glissant les mains dans ses larges manches.

– Vous vous battrez tous honorablement, comme votre formation vous y engage.

Les élèves baissent la tête avec respect. Goku sourit et se redresse, balayant une fois de plus l'assistance du regard.

– Que les combats commencent ! s'exclame-t-il.

On salue tous le jito. J'y répugne, mais je ne peux pas refuser sans m'attirer aussitôt des reproches et une attention indésirable. Ensuite, on salue Maître Goku, ce que je fais cette fois avec sincérité et humilité.

Les participants se détournent et forment un cercle dont ils fixent le centre. On se salue les uns les autres en signe de respect. Puis le tournoi commence.

Mon premier combat se passe bien. Je dois affronter Sato, que j'ai vu se battre un certain nombre de fois contre Ko. Je connais son style, alors je peux anticiper ses coups bas et bloquer ses coups hauts. Avant peu, je l'immobilise au sol en appuyant un genou contre sa poitrine et la lame de mon couteau à plat contre sa gorge. Il tape deux fois par terre pour monter qu'il abandonne. Monsieur Choji est l'arbitre. Il lève mon bras et le public m'applaudit. Je jette un coup d'œil vers l'estrade où mon oncle est assis. Il est loin et je ne vois que la couleur de son manteau, mais, avec chaque victoire successive, je sais que je me rapprocherai.

Bientôt vient le tour d'Hana. Elle gagne facilement son premier combat, contre un garçon du village, puis un tirage au sort lui attribue Tatsuya comme adversaire dans le combat au *jo* qui doit se dérouler dans la première arène, devant le jito. J'espère que notre oncle ne la reconnaîtra pas, mais je sais qu'elle est tellement rapide, lorsqu'elle se bat, qu'il n'aura guère le loisir de bien l'examiner. Le silence se fait autour de l'arène quand les combattants se saluent, puis saluent le jito et prennent place.

Je regarde Hana répartir son poids de façon égale sur ses deux pieds pour trouver son équilibre. Elle tient le bâton en bois de ses deux mains souples et détendues, prêtes à glisser le long du manche en cas de besoin. Elle a les yeux rivés sur Tatsuya, de l'autre côté de l'arène. Ils se jaugent pendant un moment.

Soudain, Hana passe à l'attaque. Elle s'élance en poussant un cri et abat brutalement son *jo*. Tatsuya bloque le coup et les deux armes s'entrechoquent. Hana pivote et pointe son arme vers le ventre du garçon. Ses pieds glissent rapidement dans le sable blanc. Tatsuya dévie le coup et la contourne d'un pas léger, parvenant à frapper le bout de son *jo*.

Pendant un moment, ils ramènent leur arme près de leur corps et se tournent autour, méfiants. Puis, d'un mouvement des poignets, ils se remettent tous deux en position d'attaque et font tournoyer leur arme devant eux.

Brusquement, Tatsuya abat son *jo*. Hana lève vite le sien au-dessus de sa tête pour parer le coup, en gardant les pieds dans une posture solide. Un fracas terrible fend l'air et je vois que les bras de ma sœur ont été sérieusement ébranlés.

Je me mords la lèvre et je l'encourage mentalement tandis qu'elle fait une pirouette et déplace ses mains le long du manche en bois poli, en dansant d'un pied sur l'autre, pour repartir à l'assaut. Mais Tatsuya est rapide. Il se rapproche et plante le bout de son *jo* derrière une jambe d'Hana. En rabattant vigoureusement le poignet, il la force à plier le genou.

Elle grogne, déséquilibrée, et Tatsuya la désarme facilement. Hana n'a pas le choix, elle doit déclarer forfait.

Choji s'avance dans l'arène et déclare Tatsuya vainqueur en tenant son bras en l'air. La foule l'acclame et l'applaudit, et certains des élèves les plus jeunes sifflent avec les doigts. Je suis déchirée – à la fois contente pour Tatsuya et désespérée qu'Hana soit éliminée du tournoi.

Malgré tout, Hana sourit, ce qui me réconforte un peu. Tatsuya et elle se saluent avec bonne humeur, puis se tournent vers le jito et Maître Goku pour les saluer à leur tour.

– Attends qu'on se batte à mains nues, le taquine Hana alors qu'ils regagnent leur place à côté de moi.

– Je pense que j'aurai du mal à me défendre contre tes poings silencieux, répond Tatsuya avec un sourire chaleureux.

Combat après combat, je l'emporte contre des garçons qui sont plus vieux et plus expérimentés que moi. Les spectateurs semblent se réjouir qu'un serviteur soit en train de gagner. Ils tapent du poing sur les bancs et crient leur approbation. À l'autre bout de la cour, j'entends le public applaudir aussi les victoires de Kenichi.

Le soleil monte dans le ciel. Au cours de la matinée, les élèves se font éliminer progressivement du tournoi, jusqu'à ce qu'il n'en reste plus que six. Tatsuya, Kenichi et moi sommes parmi ceux-là.

Un silence trépidant tombe lentement sur la foule, et Maître Goku se lève.

– Chers amis et élèves, dit-il. Ce matin, vous avez assisté à des prodiges d'habileté. Vous avez observé les visages de futurs samouraïs et vous y avez vu de la passion, de la discipline et une volonté de fer.

Un bourdonnement d'approbation s'élève de la foule.

– Les combats de la dernière série seront des *ya-awase*, ou duels de tir à l'arc, et nous demandons à notre grand jito, le seigneur Hidehira, de nous faire l'honneur de juger quel participant est l'archer le plus habile.

Je vois Ken-ichi lever brusquement la tête, choqué, puis jeter un regard furibond à Tatsuya. Le tir à l'arc est le point faible de mon cousin, alors que nous avons tous vu Tatsuya taper dans le mille flèche après flèche. Et moi, je m'y suis entraînée sous sa direction pendant des lunes et des lunes.

Je ferme les yeux un instant et je prie pour avoir la main sûre.

Hana m'aide à lacer une protection en cuir sur mon avant-bras et un carquois rempli de flèches sur mon dos.

– Tu peux y arriver, Kimi, me dit-elle tout bas. Concentre-toi.

Elle ajoute dans un murmure :

– Fais-le pour Moriyasu.

On s'incline tous dans la direction de Maître Goku et du seigneur Hidehira. Une fois de plus, je serre les dents, furieuse de devoir montrer ma déférence devant mon traître d'oncle. Puis nous gagnons le centre de l'arène. Ken-ichi est au milieu de notre petit groupe. Il se tient légèrement derrière Tatsuya. Ses épaules paraissent encore plus larges que d'habitude sous ses épaulettes en cuir matelassées. Autour de nous, la foule bourdonne d'excitation et quelques élèves plus jeunes nous lancent des encouragements.

Soudain, sans signe avant-coureur, le pied de Ken-ichi se tend devant Tatsuya, qui perd l'équilibre. Il essaie de se rattraper en tendant la main mais fait une mauvaise chute, tombant de tout son poids sur son bras. En s'effondrant, il pousse un cri dont le son rauque résonne dans la cour, et s'immobilise à genoux en se tenant l'épaule. Son visage est livide de douleur.

Aussitôt, Ken-ichi s'incline pour s'excuser.

– Je suis vraiment désolé. Ce que je suis maladroit !

« Maladroit ? me dis-je avec colère en courant m'accroupir auprès de Tatsuya. Tu parles, c'était délibéré ! » Ken-ichi était furieux, hier soir, quand Maître Goku a déclaré que Tatsuya était le meilleur élève du dojo. Terrifié à l'idée qu'il puisse le battre dans l'épreuve de tir à l'arc, il a visiblement décidé de l'éliminer. C'est bien le fils de son père.

– Ça va ? je chuchote à Tatsuya.

Il secoue la tête.

– Mon épaule me fait terriblement souffrir, marmonne-t-il, les dents serrées.

J'essaie de l'aider à s'asseoir plus confortablement. Autour de nous, les spectateurs sont d'abord restés silencieux. Mais maintenant, certains commencent à siffler Ken-ichi pour manifester leur désapprobation.

– Cette conduite est déshonorante ! s'exclame un homme en kimono de soie bleue.

Ken-ichi lève la tête et balaie la foule de son regard arrogant.

– Quoi ? s'écrie-t-il. Vous ne croyez tout de même pas... ?

L'incrédulité se peint sur son visage et il lève les mains, paumes vers le ciel, l'image même de l'innocence offensée.

– C'est un accident !

Mais je ne le crois pas, et le public non plus. Tandis que deux élèves plus âgés se précipitent pour aider Tatsuya à sortir de l'arène, quelques personnes de l'assistance se mettent à taper en rythme sur leur banc. Des murmures mécontents commencent à s'élever.

J'entends un cultivateur dire :

– Il l'a fait exprès, c'est clair.

Et une femme s'écrie :

– Sabotage !

Maître Goku gagne lentement le bord de l'estrade et lève les mains pour réclamer le silence. Un muscle de sa joue tressaute tandis qu'il toise Ken-ichi. Je me redresse en retenant mon souffle. Mon cousin va-t-il s'en tirer impunément ? Cette seule idée me fait bouillir de rage.

– J'ai vu ce que tu as fait, et ce n'était pas un accident, lui dit Maître Goku. Tu as volontairement blessé un camarade, l'empêchant de participer au tournoi. Ce geste jette le déshonneur sur toi et sur le dojo.

Il croise les bras et glisse les mains dans ses manches.

– Par conséquent, tu es disqualifié. Sors de l'arène, Ken-ichi, s'il te plaît.

Une vague de soulagement me submerge. Ça, c'est de la justice.

– Non ! hurle Ken-ichi en s'avançant vers l'estrade. C'est pas juste... !

Mais Maître Goku tient bon.

– Sors de l'arène, Ken-ichi, répète-t-il.

Ken-ichi reste où il est, avec une expression révoltée.

– Je suis le fils du jito, dit-il. Personne ne peut m'empêcher de participer au tournoi. Même pas vous, Sensei.

Il se tourne vers son père pour invoquer son soutien.

– Père, dis-lui...

Mais le seigneur Hidehira toise son fils d'un regard glacial.

– Je ne lui dirai rien ! s'emporte-t-il. Tu es un imbécile, Ken-ichi. Un stupide chiot puéril !

Ken-ichi devient livide.

– Père, je t'en supplie !

Le seigneur Hidehira l'ignore et se tourne vers le maître.

– Mille excuses pour le comportement de ce garçon, Maître Goku. Punissez-le comme vous le jugerez bon.

Les deux hommes se saluent, et quand Hidehira se redresse, son visage ne laisse rien paraître. Il reste face à Maître Goku un instant de plus, puis déclare :

– Je regrette, mais je ne peux plus être le juge de ce tournoi, car la conduite de mon fils m'a fait honte. Je dois partir, maintenant. Pardonnez-nous, je vous en prie, si Ken-ichi a terni l'honneur du dojo.

Je regarde avec stupéfaction le seigneur Hidehira traverser l'estrade à grands pas, descendre les marches et rejoindre une troupe de samouraïs qui l'attendaient. Mon cœur se serre de désespoir quand je me rends compte que mon projet de le défier ouvertement vient d'être contrecarré. Dans la foule, les têtes se tournent pour le suivre des yeux, le souffle coupé, dans un silence total. Je croise le regard d'Hana. Au premier rang du groupe de participants qui attendent leur tour, elle observe en serrant les poings la scène qui est en train de se dérouler. Je voudrais aller la voir, mais je n'ose pas attirer l'attention sur moi.

Ken-ichi est comme pétrifié un instant, puis, brusquement, s'élance à la suite de son père.

– Père ! crie-t-il. Ne pars pas ! Ce garçon, Tatsuya, a bien mérité ce qui lui est arrivé. C'est un paysan ! Tu as toujours dit qu'on devrait remettre les paysans à leur place...

Le seigneur Hidehira fait volte-face et fusille son fils du regard.

– Ton comportement ferait honte à un paysan, dit-il, la voix chargée d'une fureur contenue. Tu m'as déshonoré et tu as couvert de honte le nom des Yamamoto. À partir de ce jour, tu n'es plus le fils du jito !

Un frisson parcourt la foule. Hana et moi échangeons un regard surpris.

Ken-ichi regarde son père avec horreur, bouche bée.

– Non ! hurle-t-il.

Mais c'est trop tard. Dans un tourbillon de son manteau rouge et or, oncle Hidehira disparaît parmi ses soldats.

Désespéré, Ken-ichi lui court après en titubant, mais les rangs de samouraïs se referment derrière son père, la main sur la poignée de leur épée. Je ne doute pas du fait qu'ils le tailleraient en pièces s'il le fallait.

Ken-ichi, sous le choc, reste interdit une seconde, puis se retourne d'un bond pour jeter un regard assassin à Maître Goku.

– C'est votre faute ! rugit-il, les lèvres blanches de fureur. C'est vous qui avez causé tout ça... en acceptant ce sale paysan dans cette école. Il n'aurait pas dû avoir le droit de s'entraîner parmi des nobles.

– Tous les élèves sont égaux, réplique Maître Goku.

Et, juste avant de se détourner, il ajoute :

– Calme-toi, Ken-ichi.

– Je refuse de me calmer ! crachote mon cousin.

Il grimpe les marches en trombe, bondit sur l'estrade et soutient le regard de Maître Goku.

– Je vous défie ! jette-t-il sauvagement. Je vous défie de me combattre, Sensei.

La foule inspire vivement. Lorsqu'on provoque ainsi quelqu'un en duel, on ne peut plus revenir en arrière. Stupéfaite, je dévisage Ken-ichi. Hana porte la main à sa bouche.

À côté de moi, un des élèves secoue la tête.

– Personne n'a défié le maître depuis des années, marmonne-t-il.

– Je refuse, dit Maître Goku.

– Vous êtes obligé d'accepter, répond fermement Ken-ichi. Je connais le code du *bushi*. On ne peut pas refuser un défi honorable !

Le silence retombe ; puis Maître Goku s'incline.

– Ainsi soit-il, dit-il, si bas que je dois tendre l'oreille pour l'entendre. Mais je te conjure de nous accorder un moment pour parler et réfléchir avant de choisir nos armes. Veux-tu m'accompagner dans la salle de méditation ?

Ken-ichi hésite un instant.

– Très bien. Mais n'imaginez pas que vous allez me dissuader d'engager ce duel, insiste-t-il finalement. Je me bats pour l'honneur de cette école et le droit d'être éduqué avec des gens de ma classe – avec des nobles, et pas de sales paysans !

– Je t'entends bien, répond Maître Goku.

En faisant tourbillonner son long manteau, il descend de l'estrade et quitte la cour.

Ken-ichi le suit de loin ; quand il arrive près de Choji, il grogne :

– Apporte-nous du *cha*.

L'intendant jette un coup d'œil à Maître Goku en haussant les sourcils ; visiblement, il n'est pas sûr de devoir obéir aux ordres du fils que le jito a renié.

Le maître hoche la tête.

– Un thé nous ferait du bien, dit-il tranquillement. Merci, Choji.

Tandis qu'ils quittent la cour, la foule s'agite, troublée. Choji me fait signe.

– Apporte le thé dans la salle de méditation, Kagenashi. Et reste avec Sensei au cas où il aurait besoin d'autre chose.

Je rejoins vite Hana, qui m'aide à délacer mes protège-bras et mes épaulettes.

– Ken-ichi ne sait pas ce qu'il fait, chuchote-t-elle. C'est de la folie de provoquer Maître Goku en duel !

Je suis en plein désarroi. Le tournoi est compromis, de même que ma victoire tant espérée et mon projet d'affronter ouvertement mon oncle.

Quand j'arrive dans la salle de méditation, Ken-ichi et Maître Goku sont agenouillés face à face. Je m'incline et m'approche avec mon plateau chargé de bols. Le maître semble à peine me remarquer. Calme et posé, il considère Ken-ichi d'un œil placide. Au contraire, mon cousin bout de rage. Il a les épaules tendues, les poings serrés.

Je pose le plateau sur la table entre eux, m'incline et me retire dans un coin de la salle pour attendre.

– Sers le *cha*, s'il te plaît, Ken-ichi, dit Maître Goku.

– L'élève doit servir le Maître, marmonne Ken-ichi.

Sa lèvre s'ourle dans un rictus.

– Vous pensez que ça va peut-être me calmer. Mais ça ne marchera pas, Sensei. Il faut bien que quelqu'un défende l'honneur, le devoir et la tradition... et si ça doit être moi, tant pis !

– Tu parles de ces beaux idéaux avec une telle facilité, réplique Maître Goku avec douceur. Mais tu oublies qu'un samouraï est aussi astreint à d'autres règles. Il doit être humble ; il doit contrôler son orgueil ; et par-dessus tout, il doit faire preuve de tolérance envers les autres hommes.

Il regarde Ken-ichi verser de la poudre verte dans les bols.

– Je suis désolé que ton père t'ait parlé aussi durement. Veux-tu que j'intervienne ?

– Non !

Les mains de Ken-ichi sont secouées d'un tremblement et les manches de son kimono tombent sur le bord des bols, manquant les renverser.

– Je ne veux pas que vous fassiez quoi que ce soit en ma faveur, Sensei. Nous allons nous battre, et ensuite mon père verra que je suis digne d'être son fils... et mon honneur sera restauré !

En disant ça, Ken-ichi regarde Maître Goku dans les yeux. Sa grâce et son élégance habituelles semblent l'avoir déserté, et il remet du thé dans les bols avec des mouvements gourds et désordonnés.

« Il est nerveux, me dis-je. Plus que nerveux. Il est terrifié. » Mais ça n'a rien d'étonnant. Ken-ichi a provoqué Maître Goku en duel – et il est sûr de perdre.

Je regarde mon cousin avec tristesse. Il n'y a aucun honneur à tirer d'un combat contre le maître.

– Ton père jugerait que tu es un bon fils si tu te comportais comme un samouraï, réplique Maître Goku. Assume la responsabilité de tes actions. Présente tes excuses à Tatsuya et mets cet épisode derrière toi.

– Présenter des excuses à ce paysan ? crache Ken-ichi. Jamais !

Il prend un bol de thé entre ses doigts et le tend à Maître Goku.

– Buvez votre *cha,* Sensei. Et nous porterons un toast à votre santé.

Maître Goku prend le bol de thé, s'incline et boit.

– C'est un peu amer, Ken-ichi. Trop de poudre, peut-être ?

Ken-ichi hausse les épaules et le regarde boire une nouvelle gorgée.

– Peut-être. Ou peut-être que ce que vous sentez, Sensei, c'est le goût de la bile – à cause de la déception. Ce doit être terriblement frustrant de voir votre précieux tournoi tourner court.

– C’est toi qui me déçois, Ken-ichi. Rien d’autre, réplique Maître Goku.

Il vide son bol.

– Je te donne une dernière chance de changer d’avis au sujet de ce duel.

Ken-ichi secoue la tête et se lève précipitamment, sans toucher à son thé.

– Un samouraï ne change jamais d’avis, déclare-t-il.

Je sais qu’il n’y aura plus de retour en arrière quand il ajoute :

– Choisissez votre arme, Sensei !

CHAPITRE 20

Maître Goku soupire.

– Si tu insistes, Ken-ichi. Je choisis la lance *yari,* une arme ancienne et noble utilisée sur les champs de bataille.

Là-dessus, il se lève et entraîne Ken-ichi hors de la salle de méditation.

Je prends un instant pour débarrasser la table, essuyant vite les bols à thé. Au fond de l'un d'eux, il y a un résidu grumeleux. Je fronce les sourcils. Comme c'est bizarre – la poudre de thé vert ne laisse pas de résidu, d'habitude... En reniflant le bol, je remarque une odeur amère.

Peut-être que le thé n'était pas de très bonne qualité ? Qui sait d'où il vient, avec cette terrible pénurie de nourriture depuis qu'oncle Hidehira s'est proclamé jito !

J'empile les bols avec soin et je retourne précipitamment dehors en laissant la table bien propre.

Autour de l'arène, la foule semble plus nombreuse, comme si la nouvelle s'était répandue à l'extérieur du dojo et que les habitants des environs étaient venus assister au duel entre le maître et son élève. Pendant que Goku et Ken-ichi partent chercher leurs armes, je regagne vite ma place et je trouve Tatsuya avec Hana, qui lui masse l'épaule à travers son kimono. Ko est agenouillé à côté d'eux.

– Ta blessure est sérieuse ? je demande à Tatsuya.

Il secoue la tête.

– J'ai dû me fouler l'épaule en faisant cette mauvaise chute. C'est douloureux, mais quelques jours de repos en viendront à bout.

Dans l'arène, Maître Goku enlève son grand manteau de cérémonie et le tend à Choji. Il se retrouve en maillot et pantalon, pieds nus dans le sable de la cour. Ken-ichi se tient face à lui, l'air massif avec ses épaulettes et ses protège-bras en cuir. Sa tenue convient au tir à l'arc, pas au combat rapproché.

– C'est sans doute injuste que Ken-ichi porte autant de protections, je marmonne tandis que Choji leur donne leurs lances.

– Ne t'inquiète pas, me rassure Tatsuya, le maître sait ce qu'il fait. Sans armure, il est plus léger sur ses pieds. Il pourra tourner autour de Ken-ichi et le fatiguer.

Les *yari* mesurent environ un mètre vingt. C'est le genre de lance que les samouraïs à cheval emportent sur le champ de bataille. La hampe en bois est couverte de lamelles de bambou laquées, enveloppée, par intervalles, de fil de fer, et terminée par un gros pommeau métallique. La lame est droite et plate, véritable couteau en métal acéré conçu pour taillader et poignarder.

Un murmure s'élève de la foule et les gens s'approchent de l'arène pour avoir une meilleure vue.

Le silence se fait quand les deux adversaires se saluent et se mettent en position pour se battre. Le regard posé, alerte, Maître Goku fixe Ken-ichi... puis le combat commence.

Avec sa lance qui scintille au soleil, Ken-ichi se jette vers son adversaire. Maître Goku bloque le coup et leurs lames s'entrechoquent dans un fracas qui résonne longuement. Ken-ichi saute sur le côté, et multiplie les assauts. En harmonie parfaite avec sa lance, Maître Goku se défend avec adresse et vivacité, en bougeant tout son corps en même temps que son arme. Chaque fois qu'il dévie une attaque, il penche le buste vers l'avant ou vers l'arrière.

Autour de moi, les hommes et les femmes de l'assistance s'étranglent et soupirent pendant que Ken-ichi, déchaîné, fait siffler et tournoyer sa lance. Ses bras tournent comme les rayons d'une roue. Les yeux rivés sur le combat, je serre les poings.

Mon cousin manie aussi habilement le *yari* qu'il maniait son épée le jour où je l'ai affronté devant les portes du dojo. Mais ce ne sera jamais suffisamment pour battre son professeur.

Maître Goku commence à bouger plus vite. Ses pieds soulèvent des gerbes de sable blanc. La clameur de la foule s'intensifie et se propage, puis se brise comme une vague contre les murs en pierre de la cour.

Goku repousse chaque tentative de Ken-ichi et n'essaie pas une seule fois d'attaquer son élève. La supériorité du maître saute aux yeux de tous.

Comment ce combat va-t-il se terminer ? Ken-ichi n'a pas l'air disposé à abandonner un jour, mais Goku n'irait sans doute pas jusqu'à le blesser...

À cet instant, mon cousin fléchit les genoux et donne un coup bas qui rate de peu le ventre de Goku. Mon cœur se met à battre plus vite. Je chuchote à Hana :

– Ken-ichi semble de plus en plus près de le toucher.

Elle se mord la lèvre, les yeux fixés sur Maître Goku. Brusquement, elle empoigne ma manche.

– Quelque chose ne va pas ! souffle-t-elle d'un ton affolé.

– Qu'est-ce que tu veux dire ?

Mes poings sont tellement serrés que je sens mes ongles s'enfoncer dans mes paumes, quand Goku lance une attaque soudaine.

Ma sœur secoue la tête.

– Observe bien Sensei, dit-elle. Il est plus lent que d'habitude.

Je suis son regard et, au début, je ne vois pas ce qu'elle veut dire. La lance de Maître Goku cisaille l'air, vers le côté puis vers le haut. Il fait reculer Ken-ichi sans trêve. Un murmure de voix s'élève parmi l'assistance. Certains élèves sautent sur leurs pieds en poussant des cris pour l'encourager. Manifestement, personne n'acclame Ken-ichi, qui se recroqueville sous les assauts. Tout, dans ses mouvements, semble annoncer la défaite.

Mais ensuite, Goku rate une attaque. Au lieu de frapper vers le cœur de Ken-ichi, sa lance passe au large.

Ken-ichi prend l'avantage et attaque à son tour ; la hampe de sa lance résonne contre celle de Goku. Ils frappent et parent, frappent encore, et je vois que Maître Goku ralentit, en effet, comme si ses bras étaient soudain devenus trop lourds. Une curieuse expression passe sur son visage. Il fronce les sourcils, perplexe, soulève sa lance pour parer un coup rasant, puis secoue la tête comme s'il cherchait à s'éclaircir les idées.

– Il me fait penser aux samouraïs de papa quand ils avaient bu trop de saké, murmure Hana.

En s'avançant pour lancer un nouvel assaut, Goku fait un faux pas et s'effondre sur un genou. Hana a raison. On dirait qu'il est ivre. *Qu'est-ce qui lui arrive ?*

Un frisson parcourt la foule et quelqu'un s'écrie :

– Allez, Sensei ! Debout !

– Qu'est-ce que vous avez, Maître ? le raille Ken-ichi d'une voix forte. Vous vous faites trop vieux pour combattre un simple élève ?

Il s'approche de Maître Goku en dansant d'un pied sur l'autre et lui décoche brusquement un méchant coup de pied qui le fait tomber par terre.

– Levez-vous ! lâche Tatsuya d'un ton presque suppliant.

Mais Maître Goku demeure à plat dos dans le sable, l'air étourdi. Ken-ichi reste planté au-dessus de lui.

– Vous vous inclinez ? demande-t-il d'une voix crispée.

La foule attend, le souffle coupé. Enfin, Maître Goku secoue la tête.

– Je ne m'inclinerai jamais devant toi.

Il roule sur le côté et se redresse sur les genoux, puis se risque à une attaque maladroite avec sa lance. Ken-ichi la bloque sans effort. Emporté par son élan, Goku s'effondre de nouveau par terre.

– Vous vous inclinez ? demande à nouveau Ken-ichi d'un ton impérieux, en braquant sa lance vers le maître.

Il parle plus fort, cette fois, comme s'il était sûr de sa victoire et voulait que tout le monde le sache.

– Jamais ! répète Maître Goku.

Son visage est empreint de douleur et d'épuisement, et il a une allure de vieillard, tout d'un coup. Son regard se détourne et croise le mien.

« Ce n'est pas normal », me dis-je. Et soudain, je repense à l'autre jour, derrière la salle d'eau, quand Ken-ichi a parlé de verser du poison dans des boissons.

J'en ai la chair de poule. N'y avait-il pas un résidu grumeleux au fond des bols à thé quand je les ai essuyés ?

Et Maître Goku ne s'est-il pas plaint de ce que le *cha* ait un goût amer ?

Ken-ichi a dû l'empoisonner !

Je m'élance parmi la foule en jouant désespérément des coudes pour rejoindre Maître Goku. Certains se mettent en travers de mon chemin et me repoussent sans comprendre. Je les supplie d'une voix rauque, affolée :

– S'il vous plaît, laissez-moi passer !

À travers la masse de gens, je vois le maître s'efforcer de se remettre sur ses pieds une fois de plus. Ses mouvements sont lourds et manquent d'énergie, mais il affiche un air obstiné. Je suis intimement persuadée qu'il se relèvera jusqu'à ce que le produit que Ken-ichi a mis dans son *cha*, quel qu'il soit, stoppe les battements de son cœur.

Ken-ichi le fait tomber pour la troisième fois. Coincée entre deux paysans, je regarde mon cousin se baisser et lui arracher sa lance.

Il la retourne et pose la pointe avec légèreté contre la poitrine de Maître Goku.

– Rendez-vous, dit-il.

– *Non.*

Goku est essoufflé, maintenant. Son visage a pris la couleur du papier de riz et il a les lèvres bleues. Il lève la main et saisit la lame rutilante de la lance.

– Tu n'as pas gagné ce combat à la loyale, Ken-ichi...

– Silence ! rugit mon cousin. Vous devez vous incliner devant mon honorable victoire !

– Il ne te reste plus d'honneur, halète Goku.

Je vois la panique se dessiner sur le visage de Ken-ichi.

– Tu as...

Mais avant que le maître puisse ajouter un seul mot, mon cousin enfonce son *yari*.

– NOOON ! je hurle.

Je pousse de toutes mes forces les gens qui sont devant moi pour les écarter de mon chemin.

Et lorsque j'émerge de la foule, ce que je vois m'horrifie.

Ken-ichi a poignardé Maître Goku en plein cœur.

CHAPITRE 21

Du sang rouge vif apparaît autour de la lame et assombrit le maillot blanc de Maître Goku. Derrière moi, Hana lâche un cri douloureux. Quand je me retourne, je vois qu'elle se précipite vers nous. Les yeux fixés sur le maître, elle passe en trombe devant moi parmi la cohue hébétée.

Enfin, la foule s'ouvre devant moi et je tombe à genoux aux côtés de ma sœur, dans la poussière de la cour. Maître Goku a les yeux fermés et un filet de sang coule au coin de sa bouche.

Hana lui glisse une main sous la tête.

– Sensei, chuchote-t-elle d'un ton pressant. Sensei, ne nous quittez pas !

Tout autour de nous, les gens s'approchent et se resserrent. Je sens que Choji se penche au-dessus de nous.

– Sensei, ouvrez les yeux, supplie-t-il d'une voix que la détresse rend rauque.

Les yeux de Maître Goku s'ouvrent en papillotant. Il regarde d'abord Hana, puis moi.

– P... Poing Silencieux, murmure-t-il. Et Pied Sans Ombre...

Son visage se tord et, pendant un moment, il semble submergé par la douleur.

Derrière lui, Ken-ichi lâche son *yari.*

– Ce... C'était juste censé le rendre plus lent, marmonne-t-il.

Tout d'un coup, il ressemble au petit garçon avec lequel je jouais autrefois.

Je me tourne de nouveau vers Maître Goku, qui a du mal à parler.

Hana secoue la tête.

– S'il vous plaît, s'il vous plaît, ne nous quittez pas.

– Sous les fleurs de cerisier, me dit-il avec un grognement, en serrant vigoureusement la main d'Hana. Cherchez sous les fleurs de cerisier...

Toujours agenouillée à ses côtés, je jette un coup d'œil vers l'autre bout de la cour, où les murs sont bordés de cerisiers en fleur. Une brise légère agite leurs branches et les pétales rose et blanc commencent à tomber par terre, comme si les arbres pleuraient.

– Que voulez-vous dire ? je lui demande. Chercher quoi sous les fleurs de cerisier ?

Maître Goku me regarde fixement tout en respirant avec peine. Sa poitrine se soulève, puis retombe... et ne bouge plus. Ses yeux écarquillés contemplent le ciel et je comprends qu'il ne nous expliquera jamais ce qu'il voulait dire à propos des fleurs de cerisier.

– Il est mort, constate Choji, incrédule. Sensei est mort. Que le Bouddha le bénisse et lui donne la paix.

Parmi l'assistance, une femme lâche un hoquet d'horreur et à proximité, un vieil homme baisse tristement la tête. Ma gorge est tellement serrée que j'ai du mal à respirer. Avec un sanglot étouffé, Hana pose le front sur l'épaule de Maître Goku.

Je redresse la tête : Ken-ichi est immobile, blanc comme le sable sous ses pieds. Surprenant mon regard, il ouvre la bouche pour dire quelque chose, mais aucun mot n'en sort.

Je me lève.

– Assassin !

– Je... Je ne voulais pas, bredouille-t-il.

– Si, tu le voulais ! je m'écrie. Tu avais vraiment l'intention de le tuer, sinon tu ne l'aurais pas *empoisonné* !

Une clameur horrifiée s'élève de la foule.

– Empoisonné ? répète Choji en se tournant vers moi, surpris.

– Cet esclave est devenu fou, réplique vivement Ken-ichi. Il raconte n'importe quoi. Il ne sait pas de quoi il parle. C'est ridicule d'accuser le fils du jito !

Je secoue la tête et j'insiste :

– Tu l'as empoisonné.

Je toise mon cousin, les yeux plissés.

Comment le prouver ? Est-ce qu'il a toujours le poison sur lui ? Le seul endroit où il a pu le cacher, c'est...

Sa ceinture !

D'un mouvement fluide, je tire mon épée et je tranche sa ceinture nouée.

Une minuscule bourse en cuir noir atterrit à ses pieds.

En un éclair, Choji s'empare de la bourse et dénoue le cordon. Quand il en ressort la main, le bout de ses doigts est couvert d'une fine poudre verte.

– Ce n'est rien, ça ! dit Ken-ichi. C'est juste un peu d'algues pilées pour donner du goût à la soupe, à midi...

Choji renifle la poudre et fronce les sourcils.

– Des algues pilées, dis-tu ? Alors ça ne te dérangera pas de goûter, n'est-ce pas ?

Et il tend ses doigts sous le nez de Ken-ichi.

Ken-ichi blêmit encore davantage et paraît sur le point de s'évanouir. Il considère Choji avec effarement. Tout autour de nous, la foule s'agite avec nervosité.

– Non, dit-il finalement. Je n'y goûterai pas. Je suis le fils du jito. Vous allez devoir vous contenter de ma parole.

– Ta parole ne vaut pas grand-chose, je réplique durement. Parce que tu n'es plus le fils du jito. Tu te souviens ?

Ken-ichi me jette un regard venimeux.

– Tais-toi, face de riz ! Je savais bien que tu allais semer le trouble. J'aurais dû t'abattre le jour où tu as montré ta sale face de paysan aux portes du dojo pour la première fois.

J'ai toujours mon épée à la main. Avec un hurlement de fureur aveugle, je me jette sur Ken-ichi. Il a juste le temps de tirer son épée à son tour pour se défendre avant que je frappe. Il sait qu'il ne se bat plus pour le titre de champion, ni même pour son honneur. Il se bat pour sa vie. Toutes les émotions que j'ai contenues depuis le meurtre de mon père remontent en moi dans un torrent de rage et de fureur. Je sens une énergie qui fait vibrer mon bras armé.

Ken-ichi est clairement en déroute. Mais la colère me rend maladroite. Il ne tarde pas à se ressaisir et revient vers moi avec des moulinets et des gestes de lacération, en sautillant d'avant en arrière sur ses pieds agiles. Il bondit sur le côté, puis abat son épée miroitante d'un mouvement circulaire, en pivotant le torse.

Je bats en retraite, haletante, et je parviens de justesse à me mettre hors de portée de sa lame...

Je crois entendre la voix de Goku dans ma tête: *En montrant tes émotions, tu avantages ton adversaire.* Un coup de vent agite les cerisiers au fond de la cour, provoquant une nouvelle averse de pétales, et je sens aussitôt un grand calme s'établir en moi. Je ralentis ma respiration, je me concentre et je domine mes émotions.

Autour de moi, tout le reste ralentit aussi. Je ferme les yeux et je laisse les images de Goku inanimé se détacher de mon esprit comme des feuilles tombant d'un arbre.

Puis j'entends Ken-ichi avancer vers moi. Ses pieds crissent dans le sable et il fait siffler son épée en la brandissant. J'ouvre les yeux et je lève mon épée à mon tour. Je repousse facilement le coup. Pendant qu'il se prépare à m'asséner un nouveau coup en revers, je continue le mouvement pour faire un tour complet avec mon épée et la ramener vers lui, et je le force à transformer sa nouvelle attaque en parade.

Il perd l'équilibre. Je profite de l'occasion pour pivoter les hanches en dépliant la jambe et le frapper. J'entends mon pied percuter sa poitrine.

En chancelant, Ken-ichi ouvre la bouche ; je sais qu'il crie quelque chose, mais j'y reste sourde. Je n'entends que le doux soupir du vent printanier. Une immense énergie vibre en moi. Je la concentre dans mon pied droit en décochant un *yokogeri,* le coup qui m'a permis d'abattre le saule.

Dans ma tête, je lance triomphalement : « Tiens ! Ça, c'est pour Goku ! »

Mais le son revient, presque assourdissant, quand Ken-ichi s'écarte et saisit mon pied droit. Il le coince durement sous son bras et je me rappelle soudain la façon dont il a blessé le jeune élève à l'entraînement, il y a quelques jours. Avec un ricanement victorieux, Ken-ichi me tord la cheville, et je sais que cette fois il ne va pas se retenir. Il va me la casser.

Je suis le mouvement. Je laisse Ken-ichi tourner, mais je tourne avec lui, exploitant la force de sa prise pour faire pivoter mon corps. Mon autre pied s'élève et je me retrouve pour un instant en suspension dans les airs. Le temps s'arrête pendant que je pivote, à l'horizontale, canalisant toute mon énergie dans ma jambe gauche. Quand mon talon percute le menton de Ken-ichi, le choc m'ébranle violemment.

Il titube et la douleur lui tord le visage. Son bras se relâche et, soudain, ma cheville est libre. Je retombe avec légèreté sur mes pieds, le dos tourné vers lui.

Mon coup l'a étourdi. Il a les jambes écartées et son épée pend mollement sur son flanc.

Je n'hésite pas. Je lui assène un nouveau *yokogeri.* Mon pied frappe la poitrine de Ken-ichi, qui part à la renverse, l'air ahuri. Il vole au milieu d'un groupe de spectateurs, qui s'ouvre comme un rideau levé précipitamment, et s'écrase contre le mur de la cour.

Il reste un moment immobile, le souffle coupé, comme un papillon épinglé. Puis il glisse lentement le long du mur et s'effondre en tas.

Autour de moi, des hommes et des femmes en kimonos colorés se lèvent et, tout d'un coup, voilà que tout le monde est debout, en train de crier et d'applaudir. Mais je ne peux pas m'en soucier, pour le moment. Tout ce que je vois, c'est l'épée que Ken-ichi a dans la main.

Je marche vers lui à grands pas, je pose le pied sur la lame pour la bloquer au sol et je braque la pointe de mon épée contre sa gorge.

– C'est fini, maintenant, dis-je – et ma voix résonne fortement dans le silence qui est tombé sur la cour. Rends-toi !

CHAPITRE 22

Ken-ichi lève les yeux vers moi. Pendant un bref instant, une expression d'incrédulité se lit sur son visage. Je comprends qu'il s'attendait à ce que je le tue.

Il a toujours le souffle coupé, et un minuscule filet de sang coule d'une de ses narines. Il secoue la tête, refusant d'admettre qu'il a perdu.

– Rends-toi, Ken-ichi, je répète d'une voix douce. Tu es vaincu.

– C'est ce que tu crois, face de riz, gronde-t-il. Un Yamamoto n'est jamais vaincu.

« Je le sais bien, aimerais-je répliquer. Parce que je suis une Yamamoto jusqu'au bout des ongles. Et après tout ce que j'ai enduré, je ne suis toujours pas vaincue. »

Mais je sais que ce n'est pas le moment de lui révéler qui je suis.

Je décolle le pied de son épée.

– Lève-toi, dis-je.

Il me fixe pendant un moment, puis se lève tant bien que mal et rengaine son épée d'un seul mouvement.

– Tu m'as peut-être battu dans ce combat, face de riz, reprend-il, mais tu n'as rien gagné. Je suis toujours le fils du jito. Et toi, tu n'es toujours rien de plus qu'un sale paysan.

Là-dessus, il se détourne brusquement et s'élance dans la cour. Sa silhouette se découpe un instant sous l'arche, puis disparaît.

– KEN-ICHI ! je hurle.

Je m'apprête à lui courir après, quand Hana se matérialise à mes côtés.

Elle prend ma main entre les siennes. Sa poigne est étonnamment forte.

– Laisse-le partir, dit-elle. Il est obligé de s'enfuir.

– Pourquoi ?

Elle me regarde ; ses yeux sont comme deux taches de lumière vive.

– S'il reste, il sera traîné devant le jito et jugé pour trahison. C'est un assassin, à présent. Et un assassin ne peut pas espérer l'indulgence, même s'il est le fils du jito.

Elle ne me quitte pas des yeux. Soudain, la foule s'avance autour de nous. Les gens me donnent des tapes dans le dos.

– Quelle victoire ! s'écrie quelqu'un. Le maître est vengé !

Mais je n'éprouve aucune satisfaction. Je ne voulais pas venger la mort de Maître Goku – je voulais qu'il soit vivant, en parfaite santé, debout et sentir sa présence. Mon cœur se serre douloureusement quand je pense à tous ceux que j'ai vus mourir l'après-midi où oncle Hidehira est arrivé chez nous : papa, Harumasa, Nobuaki, nos fidèles serviteurs jusqu'au dernier, et maintenant Sensei.

Je traverse la foule pour revenir m'agenouiller devant Maître Goku. Choji, Tatsuya et Ko sont à genoux près de lui et prient, la tête baissée.

À mon approche, Choji se lève et me pose une main sur l'épaule. J'avale péniblement ma salive, en vain. Je ne peux pas retenir mes larmes.

Tatsuya se met debout.

– Goku-san était comme un père pour moi, et Kenichi me l'a arraché, dit-il d'une voix amère. Je ne suis pas sûr qu'il méritait la clémence dont tu as fait preuve en le laissant partir.

– Goku-san était comme un père pour moi aussi, je murmure. Nous avons perdu deux pères l'un et l'autre, Tatsuya : le nôtre et Sensei.

Choji me serre l'épaule de sa main vigoureuse, puis donne une tape dans le dos de Tatsuya pour le réconforter avant de se tourner vers l'assistance.

– Nous devons suspendre le tournoi. Je vous prie d'accepter nos excuses, tous autant que vous êtes, dit-il en ouvrant grand les bras pour englober toutes les personnes présentes. Rentrez chez vous. Laissez-nous faire le deuil et préparer les funérailles de notre maître.

Les marchands et les artisans s'agitent et chuchotent. Choji donne quelques instructions et les gens commencent à s'éloigner de l'arène. Certains s'approchent pour saluer respectueusement la dépouille de Maître Goku.

Hana est toujours agenouillée à ses côtés. Je pose une main légère sur ses épaules. Ce contact semble libérer une vague d'émotion, et elle se met à pleurer. Les larmes roulent sur ses joues et tombent dans le sable. Rien de ce que je pourrais dire ne la consolerait, alors je me contente de la serrer contre moi. Quelques personnes nous regardent avec curiosité.

Tatsuya me touche le bras.

– Vous devriez retourner à l'intérieur, vous deux, suggère-t-il. Vous pouvez vous isoler loin de la foule.

Je consulte Hana du regard, et elle acquiesce. Tatsuya nous aide toutes les deux à nous remettre debout.

– Je vais rester pour aider à déplacer Maître Goku, dit-il doucement.

Quelques samouraïs viennent s'aligner à proximité, les mains sur la poignée de leur épée, comme s'ils formaient une haie d'honneur pour escorter le maître jusqu'à sa dernière demeure.

Hana et moi, on commence à traverser l'arène, en se frayant un chemin parmi la foule. Soudain, ma sœur s'arrête et regarde les cerisiers en fleur, à l'autre bout de la cour, avec des yeux ronds.

– Qu'y a-t-il ? je demande.

– Sous les fleurs de cerisier... murmure-t-elle, d'une voix si basse qu'elle est à peine audible. Qu'est-ce qu'il a voulu dire, Kimi ? *Sous les fleurs de cerisier...*

– Je ne sais pas, dis-je.

– Je veux aller voir là-bas.

– On ne peut pas, dis-je en jetant un coup d'œil à tous les gens qui se trouvent autour de nous.

Certains sont partis, mais la plupart sont encore là, en train de parler à voix basse tout en remballant leurs affaires.

– Pas maintenant, Hana. Mais on peut revenir plus tard ce soir, quand tout le monde sera parti.

Son regard semble toujours attiré par les arbres. La brise agite les branches et une nouvelle pluie de fleurs tombe doucement par terre. Mais Hana finit par hocher la tête et me laisser l'entraîner dans les jardins. Le gravier crisse sous nos pieds. Les bruits de la cour s'assourdissent.

Quand on passe devant la salle de méditation, Hana hésite. Un froncement de sourcils lui barre le front. Brusquement, elle se dégage de mon emprise et se précipite en haut des marches. Elle enlève ses chaussures et entre sans bruit.

Je la suis à l'intérieur, imaginant que je vais la voir s'agenouiller et peut-être méditer. Mais elle avance d'un pas décidé. Elle traverse la salle et s'arrête devant le mur d'en face, où elle contemple un long rouleau accroché à un ruban de soie rouge.

J'en ai le souffle coupé.

Le rouleau est couvert d'élégants coups de pinceau. De larges traits superbement exécutés s'étirent vers le haut, se courbent vers l'extérieur puis se terminent par une série de minuscules mouchetures de peinture blanche... imitant à la perfection un cerisier en fleur.

– Sous les fleurs de cerisier, souffle Hana d'une voix haletante.

Et elle me prend la main tandis qu'on baisse les yeux.

Sous le rouleau se trouve une table basse en laque dont l'avant est masqué par un rideau de soie bleue.

Je me mets à genoux et j'écarte le rideau. Il y a un coffret en cèdre sous la table. Les mains tremblantes, je le dégage et je le pose dessus. Puis j'interroge Hana du regard.

Elle me fait oui de la tête.

– Ouvre-le, chuchote-t-elle.

Je soulève délicatement le couvercle.

Un souffle d'air parfumé s'échappe du coffret. Je crois reconnaître l'odeur des fleurs de cerisier. Je jette un coup d'œil à l'intérieur et je vois sept petits rouleaux portant chacun un cachet de cire brisé et un ruban rouge vif.

Je sors le premier et je le déroule avec soin.

– Oh, Hana ! je murmure en reconnaissant aussitôt ce tracé élégant, ces *kanji* parfaits. C'est une lettre de maman !

Très cher Goku,

Je suis si heureuse d'apprendre que mes filles ont trouvé refuge auprès de vous. Je sais qu'elles sont en sécurité, avec vous, et que je peux cesser de m'inquiéter pour elles...

L'écriture de ma mère se brouille : j'ai les larmes aux yeux. Je pourrais presque entendre sa voix prononcer les mots.

– Maman est arrivée en ville, dis-je à ma sœur en lisant rapidement le reste de la lettre. Elle loge chez un vieil ami de papa.

Hana me saisit le bras.

– Et Moriyasu ?

Je parcours le rouleau des yeux.

– Il va bien.

Je suis tellement soulagée que j'en ai le tournis.

– Elle dit qu'il demande de nos nouvelles tous les jours, et elle est contente de pouvoir lui dire où nous sommes, à présent.

Ma main se glisse parmi les trois autres rouleaux, que je déroule hâtivement pour les déchiffrer, l'un après l'autre.

– Goku et elle correspondent depuis plusieurs semaines, mais elle ne dit pas où ils sont.

– On va les trouver, déclare Hana en serrant une des lettres dans sa main.

Elle inspire profondément et je vois son visage s'empreindre de détermination.

– Le temps qu'on a passé ici, au dojo, nous a donné la force et la volonté nécessaires. Maître Goku n'est peut-être plus là, Kimi, mais nous le porterons en nous, dans notre façon de nous battre et de manier l'épée.

Je remets les lettres dans la boîte et je serre ma sœur dans mes bras.

– Ensemble, on est capables de tout, toi et moi.

Sans me lâcher, Hana reprend :

– Nous allons partir à la recherche de maman et Moriyasu... et nous les trouverons. Et un jour, nous vengerons papa, Harumasa et Nobuaki, et l'honneur de la famille Yamamoto sera rétabli.

Notre voyage ne fait que commencer.

ÉPILOGUE

Je suis capable de me déplacer aussi discrètement qu'un *kami,* un de ces esprits qui rôdent sur la Terre. Je suis capable de m'introduire dans une grande cérémonie à la cour du shogun, parmi les nobles et les seigneurs.

Ils me croiseront sans savoir que je suis là.

Quand je passe devant un temple, dans la forêt, les rares personnes qui s'y trouvent pour prier en silence ne me voient pas.

Je marche seule au bord de la mer Orientale, où il n'y a que le coucher du soleil pour me voir.

Presque seule. Pas tout à fait.

Parce que ceux qui sont morts devant moi m'accompagnent à chaque pas.

L'autre jour, agenouillée dans la salle de méditation avec Hana, j'ai compris que l'heure était venue de quitter la sécurité du dojo et de suivre une nouvelle voie.

Je savais qu'un jour, mes pas légers me conduiraient au-devant de maman et de Moriyasu...

Et j'espérais avoir le courage de rétablir l'honneur de ma famille. Le cœur plein d'espérance, j'ai prié pour être de taille à les protéger, une fois que nous serions réunis.

Comment aurais-je pu savoir quelles tragédies nous attendaient ?

Cet ouvrage a été imprimé par

CPI
Firmin Didot
Mesnil-sur-l'Estrée

pour le compte des Éditions Flammarion
en janvier 2009

Imprimé en France

Dépôt légal : mars 2009
N° d'édition : L.01EJEN000235.N001 – N° d'impression : 93464